La propuesta

BRENDA JACKSON

WITHDRAWN

Harlequin

Editado por HARLEQUIN IBÉRICA, S.A.
Núñez de Balboa, 56
28001 Madrid

I.S.B.N.: 978-84-9000-793-8
Depósito legal: B-29431-2011
Editor responsable: Luis Pugni
Preimpresión y fotomecánica: M.T. Color & Diseño, S.L.
C/ Colquide, 6 portal 2 - 3º H. 28230 Las Rozas (Madrid)
Impresión en Black print CPI (Barcelona)
Imagen de cubierta: MARINA PISSAROVA/DREAMSTIME.COM
Fecha impresion para Argentina: 23.4.12
Distribuidor exclusivo para España: LOGISTA
Distribuidor para México: CODIPLYRSA
Distribuidores para Argentina: interior, BERTRAN, S.A.C. Vélez
Sársfield, 1950. Cap. Fed./ Buenos Aires y Gran Buenos Aires,
VACCARO SÁNCHEZ y Cía, S.A.
Distribuidor para Chile: DISTRIBUIDORA ALFA, S.A.

Prólogo

—Buenas noches, señorita. Me llamo Jason West-moreland y quisiera darle la bienvenida a Denver.

Antes de que llegara a girarse, aquella voz profunda y masculina hizo que a Bella Bostwick se le encogiera el estómago. Entonces alzó la vista hasta encontrase con sus ojos y prácticamente tuvo que obligarse a respirar. Era el hombre más apuesto que había visto jamás.

Durante un momento, fue incapaz de hablar ni de controlar los ojos, que se pasearon por su cuerpo disfrutando de todo lo que en él encontraron. Era alto, medía más de uno ochenta, y tenía los ojos de color marrón oscuro, los pómulos marcados y la mandíbula cincelada. Pero nada podía ser más atractivo que sus labios y la forma que éstos tenían. Eran sensuales. Suntuosos.

Había dicho que era un Westmoreland, y como era un baile a beneficio de la Fundación Westmoreland, pensó que él era uno de esos Westmoreland.

Asió la mano que él le tendía y, en cuanto lo hizo, chispas de calor le recorrieron la espalda.

—Y yo me llamo Elizabeth Bostwick, pero prefiero que me llamen Bella.

Él amplió la sonrisa lo suficiente como para que a Bella le hirviese la sangre en las venas.

–Hola, Bella.

La forma en que pronunció su nombre le resultó tremendamente atractiva. Pensó que tenía una sonrisa embriagadora y decididamente contagiosa, razón por la que no le costó devolvérsela.

–Hola, Jason.

–Antes que nada, quiero que aceptes mis condolencias por la muerte de tu abuelo.

–Gracias.

–Y espero que ambos podamos conversar sobre el rancho que acabas de heredar. Si decides venderlo, me gustaría hacerte una oferta que incluya tanto el rancho como a Hercules.

Bella inspiró con fuerza. Su abuelo, Herman Bostwick, había fallecido el mes anterior y le había dejado sus tierras y un semental muy preciado. Había visto el caballo cuando vino a la ciudad para la lectura del testamento y tenía que admitir que era muy hermoso. Acababa de regresar a Denver desde Savannah el día anterior para resolver más trámites legales relacionados con la finca de su abuelo.

–Todavía no he decidido lo que voy a hacer con el rancho y ni con el ganado, pero si acabo por vender, tendré en cuenta tu interés. Aun así, he de advertirte que según mi tío Kenneth hay otras personas interesadas.

–Sí, eso no lo dudo.

Apenas había acabado la frase cuando el tío de Bella apareció de pronto a su lado.

–Westmoreland.

–Sr. Bostwick.

Bella percibió enseguida una rivalidad subyacente entre los dos hombres, que se hizo más obvio cuando su tío dijo en tono cortante:

—Es hora de irse, Bella.

—¿Irse? Pero si acabamos de llegar, tío Kenneth.

Su tío le sonrió y la tomó del brazo.

—Sí, querida, pero llegaste ayer a la ciudad y has estado muy ocupada resolviendo asuntos de negocios.

Con una ceja arqueada miró a su tío abuelo, cuya existencia había conocido hacía tan sólo unas semanas.

—Buenas noches, Westmoreland. Voy a llevar a mi sobrina a casa.

Apenas pudo despedirse de su anfitrión antes de que su tío la condujese hasta la puerta. Conforme avanzaban hacia la salida, no pudo evitar volverse y se topó con la mirada de Jason. A juzgar por su dureza, no le había gustado la brusquedad de su tío. Y entonces descubrió que volvía a sonreír y no pudo evitar devolverle la sonrisa. ¿Estaba flirteando con ella? ¿O era ella la que flirteaba con él?

—Jason Westmoreland es alguien con quien no debes intimar, Bella —dijo Kenneth Bostwick en tono áspero al ver el intercambio de insinuaciones entre ambos.

—¿Por qué?

—Quiere las tierras de Herman. No merece la pena conocer a ninguno de los Westmoreland. Creen que pueden hacer lo que les venga en gana en esta zona —interrumpió los pensamientos de Bella al decir—: Son muchos y tienen muchas tierras a las afueras de la ciudad.

–¿Cerca de donde vivía mi abuelo?

–Sí. De hecho, las tierras de Jason Westmoreland son anejas a las de Herman.

–¿De verdad? –sonrió encantada al pensar que Jason Westmoreland vivía en una finca pegada a las tierras que acababa de heredar. Técnicamente, eso lo convertía en su vecino. «No me extraña que quiera comprar la finca», pensó.

–Está muy bien que quieras vender las tierras de Herman, pero yo no se las vendería a él bajo ninguna circunstancia.

Bella se tornó seria cuando su tío le abrió la puerta para que entrase en el coche.

–Todavía no he decidido lo que voy a hacer con el rancho, tío Kenneth –le recordó.

Él se rió.

–¿Qué es lo que tienes que decidir? No tienes ni idea de cómo se lleva un rancho. Una mujer de tu delicadeza, tu educación y tu refinamiento donde debe estar es en Savannah, y no aquí en Denver intentando administrar un rancho de cuarenta hectáreas y soportando crudos inviernos. Como te dije antes, conozco a alguien que quiere comprar la finca y el ganado –sobre todo el semental, Hercules. Ofrece mucho dinero. Piensa en todos los zapatos, vestidos y sombreros que podrás comprarte, por no hablar de una casa estupenda cerca del océano Atlántico.

Bella no dijo nada. Pensó que no era el momento adecuado para decirle que, en lo que a ella respectaba, había mucho que decidir porque ninguna de las cosas que había mencionado le importaba en absoluto. Se negaba a tomar una decisión tan rápida sobre su herencia.

Cuando el coche de su tío salía del aparcamiento, ella se reclinó en el asiento de piel y recordó el momento exacto en que su mirada se había cruzado con la de Jason Westmoreland.

Había habido entre ambos una conexión que sin duda no iba a olvidar jamás.

Capítulo Uno

Un mes más tarde

–¿Sabéis que la nieta de Herman Bostwick ha vuelto a Denver y se corre el rumor de que piensa quedarse?

Jason Westmoreland agudizó el oído al captar la conversación entre su cuñada Pam y las mujeres de sus primos, Chloe y Lucia. Estaba en casa de su hermano Dillon, tirado en el suelo del salón jugando con su sobrino Denver, de seis meses.

Aunque las mujeres se habían retirado al comedor para sentarse a charlar, se escuchaba fácilmente lo que decían y él pensó que no había razón para no hacerlo. Sobre todo porque hablaban sobre una mujer que le había llamado la atención en cuanto la conoció en el baile benéfico del mes anterior. Una mujer en la que no había parado de pensar desde entonces.

–Se llama Elizabeth, pero la llaman Bella –estaba diciendo Lucia, que acababa de casarse con su primo Derringer–. El otro día vino a la tienda de pinturas de papá y os aseguro que es una belleza. Está como fuera de contexto aquí en Denver: una auténtica belleza sureña entre un puñado de matones.

–Y he oído que pretende llevar el rancho ella sola. Su tío Kenneth le ha dicho que no piensa mover un dedo para ayudarle –dijo Pam, indignada–. Qué hombre más egoísta. Contaba con que le vendiera la finca a Myers Smith, que le había prometido un montón de dinero si se cerraba el trato. Al parecer, todo el mundo quiere hacerse con esas tierras, sobre todo con Hercules, el semental.

«Entre ellos, yo», pensó Jason mientras hacía rodar una pelota hacia su sobrino sin dejar de prestarles atención. No sabía que Bella Bostwick había regresado a Denver y se preguntaba si ella recordaba que estaba interesado en la finca y en Hercules. Esperaba que así fuera. Luego su pensamiento se desvió hacia Kenneth Bostwick. No le sorprendía su actitud. Siempre había actuado como si tuviera algún derecho sobre la finca, razón por la que Kenneth y Herman nunca se habían llevado bien. Y desde el fallecimiento de Herman, Kenneth había hecho saber en la ciudad que pensaba que la tierra heredada por Bella debía ser suya. Evidentemente, Herman no lo había visto así, porque se lo había dejado todo en su testamento a la nieta a la que nunca conoció.

–Bueno, espero que tenga cuidado a la hora de escoger quién le ayudará a llevar el rancho. Está claro que una mujer tan hermosa es capaz de atraer a hordas de hombres, y algunos no serán de fiar –dijo Chloe.

A Jason no le gustó la idea de que atrajese a ningún hombre y no entendió del todo por qué reaccionaba así. Lucia tenía razón al decir que Bella era muy guapa. Le había cautivado totalmente nada más verla. Y le había quedado claro que Kenneth Bostwick no quería que nadie se acercara a su sobrina.

Jason nunca le había gustado a Kenneth y éste había envidiado su relación con el anciano Herman Bostwick. La mayoría de la gente del lugar pensaba que Herman era una persona mezquina y arisca, pero Jason no opinaba igual. Nunca olvidaría una vez en que se escapó de su casa a las once y pasó la noche escondido en el granero de Bostwick. El anciano lo descubrió a la mañana siguiente y lo llevó de vuelta a casa con sus padres. Pero antes le ofrció un copioso desayuno, y lo llevó a recoger huevos al gallinero y a ordeñar a las vacas. Fue entonces cuando descubrió que Herman Bostwick no era tan mezquino como la gente pensaba. De hecho, no era más que un anciano solitario.

Jason había vuelto a visitar a Herman de vez en cuando a lo largo de los años y había estado presente la noche que nació Hercules. Nada más ver al potro supo que sería especial. Y Herman le había dicho incluso que un día sería suyo. Herman había muerto mientras dormía hacía unos meses y ahora su rancho y todo lo que éste contenía, incluyendo a Hercules, pertenecía a su nieta. Todos habían asumido que vendería la propiedad, pero, por lo que estaba escuchando, ella se había mudado a Denver desde Savannah.

Deseó con todas sus fuerzas que hubiese reflexionado sobre su decisión. Los inviernos de Colorado eran muy duros, sobre todo en Denver. Y llevar una finca tan grande como la que había heredado no era siquiera tarea fácil para un ranchero experimentado, así que no quería ni pensar cómo sería para alguien que no sabía nada del tema. Si decidía que Marvin Allen siguiese siendo el capataz no iba a costarle tanto, pero aun así, el rancho tenía numerosos trabajadores y algunos hombres no aceptan órdenes de una mujer sin experiencia así como así.

–Creo que, como vecinos, deberíamos ir a visitarla y a darle la bienvenida. Podemos decirle además que, si necesita algo, puede contar con nosotros –dijo Pam, interrumpiendo sus pensamientos.

–Estamos de acuerdo –dijeron Lucia y Chloe.

Él no pudo evitar coincidir con ellas. Era lo correcto y tenía intención de hacerlo. Aunque hubiese perdido la oportunidad de hacerse con el rancho, todavía ansiaba conseguir a Hercules.

Pero, sobre todo, quería conocer mejor a Bella Bostwick.

Bella salió al porche de la casa y contempló las montañas que se extendían ante ella. Aquella panorámica la dejó sin respiración y le recordó por qué había desafiado a su familia y se había mudado allí hacía dos semanas.

Sus padres eran sobreprotectores y habían intentado disuadirla de lo que consideraban una decisión estúpida por su parte, ya que por encima de todo no querían perderla de vista. Pero a ella ya le había parecido lo suficientemente duro que un chófer la llevara al colegio a diario y un guardaespaldas la siguiera a todas partes hasta que hubo cumplido veintiún años.

Y lo triste es que no había sabido de la existencia de su abuelo hasta que le notificaron la lectura de su testamento. No le habían avisado a tiempo para que asistiese al funeral y en parte todavía estaba molesta con sus padres por habérselo ocultado.

No sabía que había abierto una brecha permanente entre padre e hijo, pero fuera cual fuese la contienda entre ambos, no debía haberla incluido a ella. Tenía todo el derecho a conocer a Herman Bostwick y lo había perdido.

Antes de marcharse de Savannah le había recordado a sus padres que tenía veinticinco años y que era lo suficientemente mayor como para tomar sus propias decisiones. Y tanto el fondo fiduciario que sus abuelos maternos habían establecido como el rancho que acababa de heredar de su abuelo paterno le facilitaban enormemente la tarea. Era la primera vez en su vida que tenía algo realmente suyo.

Sería mucho pedir que David y Melissa Bostwick vieran las cosas de ese modo y le habían dejado claro que no era así. No le sorprendería que en ese preciso instante estuviesen visitando a su abogado para buscar un modo de obligarla a volver a Savannah. Pero tenía noticias que darles: aquél era su hogar y tenía intención de quedarse.

Si ellos tuvieran voz y voto, ella estaría en Savannah, comprometida con Hugh Pierce. La mayoría de las mujeres considerarían a Hugh, por su atractivo y su riqueza, un buen partido. Y si ella lo pensaba dos veces, también podría verlo así. Pero ése era

12

el problema: que tenía que pensarlo dos veces. Habían salido juntos en muchas ocasiones pero nunca había surgido una conexión entre ambos y ninguna chispa de entusiasmo por parte de ella. Había intentado explicárselo a sus padres con toda la delicadeza del mundo, pero ellos no habían dejado de imponérselo a la menor ocasión, lo que demostraba lo autoritarios que podían llegar a ser.

Y hablando de autoridad… su tío Kenneth se había convertido en otro problema. Tenía cincuenta años, era el hermanastro de su abuelo y ella lo había conocido en su primer viaje a Denver para la lectura del testamento. Él pensaba que iba a heredar el rancho y se había sentido muy decepcionado al descubrir lo contrario. También esperaba que ella lo vendiese todo y, cuando había decidido no hacerlo, se había enfadado y le había dicho que su amabilidad se había terminado, que no movería un dedo para ayudarla y que deseaba que descubrirse de la peor de las maneras que había cometido un error.

Sentada en la hamaca del porche, pensó que no se había equivocado al decidir hacer su vida allí. Se había enamorado de la finca y no le había costado llegar a la conclusión de que, aunque le habían negado la oportunidad de conocer a su abuelo en vida, conectaría con él a su muerte al aceptar su regalo. Una parte de ella sentía que, aunque nunca se habían conocido, él había adivinado de algún modo la infancia tan desgraciada que había tenido y le estaba ofreciendo la oportunidad de disfrutar de una vida adulta más feliz.

Iba a volver a entrar en la casa para seguir empaquetando las cosas de su abuelo cuando vio a lo lejos a alguien que se acercaba a caballo. Conforme el jinete se aproximaba, lo reconoció y sintió un cosquilleo en la boca del estómago. Era Jason Westmoreland.

Bella se preguntó por qué vendría a visitarla. Le había comentado su interés por la finca y por Hercules. ¿Habría ido a convencerla de que se había equivocado al mudarse allí, tal y como habían hecho su tío y sus padres? ¿Intentaría insistir en que le vendiese la finca y el caballo? Si ése era el caso, su respuesta iba a ser la misma que había dado a los demás. Iba a quedarse y Hercules seguiría siendo suyo hasta que decidiese lo contrario.

—Hola, Bella.

—Jason —ella alzó la vista hacia los ojos marrones que la observaban y pudo jurar que irradiaban calor. El tono de su voz le provocó un hormigueo en la piel igual que el de aquella otra noche—. ¿A qué se debe esta visita?

—Tengo entendido que has decidido probar como ranchera.

Ella alzó la cabeza, sabiendo lo que vendría después.

—Así es. ¿Algún problema?

—No, en absoluto —dijo él con soltura—. La decisión es tuya. Sin embargo, estoy seguro de que sabes que no te va a resultar fácil.

—Sí, soy consciente de ello. ¿Alguna otra cosa que quieras decirme?

—Sí. Somos vecinos, así que, si alguna vez necesitas ayuda, no dudes en decírmelo.

Ella se sorprendió. ¿Le estaba ofreciendo su ayuda?

–¿Estás siendo agradable porque sigues queriendo comprar a Hercules? Porque si es así, debes saber que todavía no he tomado una decisión al respecto.

Él se puso serio y su mirada se volvió ruda.

–La razón por la que estoy siendo agradable es que me tengo por una persona amable. Y en cuanto a Hercules, sí, sigo queriendo comprarlo, pero eso no tiene nada que ver con mi ofrecimiento.

Bella vio que le había ofendido y se arrepintió de inmediato. Normalmente no era tan desconfiada con la gente, pero se mostraba susceptible cuando se hablaba de la propiedad del rancho porque tenía a mucha gente en su contra.

–Quizá no debería haberme precipitado en mis conclusiones.

–Sí, quizás.

Todas las células de su cuerpo empezaron a estremecerse bajo la intensa mirada de Jason. En ese momento supo que su ofrecimiento había sido sincero. No entendía bien cómo podía saberlo, pero así era.

–Reconozco mi error y te pido disculpas –dijo.

–Disculpas aceptadas.

–Gracias –y como quería recuperar la buena sintonía que tenía con él, le preguntó–: ¿Cómo te va, Jason?

–No me puedo quejar –sus facciones se relajaron y desmontó del enorme caballo como si fuese la cosa más fácil del mundo.

«Yo tampoco me puedo quejar», pensó ella, al ver que subía las escaleras del porche. Cuando lo tuvo delante, se quedó sin habla. Algo que sólo pudo describir como un deseo ardiente y fluido se apoderó de ella, impidiéndole respirar, porque él mantenía la mirada fija en sus ojos tal y como lo había hecho en el baile.

—¿Y tú qué tal, Bella?

Ella parpadeó al darse cuenta de que le estaba hablando.

—¿Cómo? ¿Yo? —la forma en que Jason sonrió le hizo pensar en cosas que no debía, como en lo mucho que le gustaría besar aquella sonrisa.

—¿Cómo has pasado estos días… aparte de ocupada? —preguntó él.

Bella inspiró con fuerza y le dijo:

—Han sido unos días de mucho ajetreo, a veces de auténtica locura.

—Ya me imagino. Y lo de antes lo decía en serio. Si alguna vez necesitas ayuda, dímelo.

—Muchas gracias por el ofrecimiento —ella había visto el desvío hacia su rancho. Había allí un cartel que decía: *Casa de Jason*. Y por lo que había conseguido adivinar entre los árboles, era un rancho enorme con una hermosa casa de dos plantas.

De pronto recordó sus modales y le dijo:

—Estaba a punto de tomar un té. ¿Te apetece?

Él se apoyó en un poste y su sonrisa se hizo más grande.

—¿Té?

—Sí.

Ella supuso que él lo encontraba divertido. Lo último que podría apetecerle a un vaquero después de montar era una taza de té. Seguramente una cerveza fría hubiese sido más de su agrado, pero era lo único que no tenía en la nevera.

–Si no te apetece, lo entenderé –le dijo ella.

–Una taza de té me irá bien.

–¿Estás seguro?

–Sí, segurísimo.

–Estupendo –abrió la puerta y él la siguió al interior de la casa.

Jason pensó que estaba guapísima, pero es que, además, Bella Bostwick olía muy bien. Deseó encontrar una forma de ignorar el calor que le inundó al percibir el aroma de su cuerpo.

–Siéntate, Jason, te traeré el té.

–De acuerdo.

La vio meterse en la cocina, pero en lugar de sentarse, se quedó de pie contemplando los cambios que se habían hecho en la vivienda. Inspiró con fuerza al recordar la última vez que vio a Herman Bostwick con vida. Fue un mes antes de su muerte. Jason había ido a ver cómo estaba y a montar a Hercules. Era una de las pocas personas que podía hacerlo, porque Herman había decidido que fuese él quien domase al caballo.

Había bajado la vista para examinar el dibujo de la alfombra cuando la oyó entrar en la habitación. Al levantar la mirada, parte de él deseó no haberlo hecho. La media melena rizada que enmarcaba su rostro convertía en suave al tacto su piel caoba y realzaba sus ojos color avellana.

Era una mujer refinada, pero él percibía en ella

17

una fuerza interior a tener en cuenta. Se lo había demostrado al suponer que había ido a verla para poner en cuestión su cordura al mudarse allí. Pero quizá era él quien debía cuestionarse su propia cordura por no convencerla de que regresara al lugar del que había venido. Por muy buenas intenciones que tuviese, no estaba hecha para ser ranchera, no con aquellas manos suaves y las uñas arregladas.

Supuso que debía existir algún tipo de conflicto interno que la había llevado a decidirse a dirigir el rancho. En ese momento decidió que haría todo lo posible por ayudarla a hacerlo con éxito. Y mientras ella posaba la bandeja del té en la mesa, supo que, entretanto, deseaba además conocerla mejor.

—Es una infusión de hierbas. ¿Quieres que traiga algo para endulzarla? —preguntó Bella.

—No —negó él con rotundidad, a pesar de no estar muy seguro.

Aún seguía de pie cuando ella cruzó la habitación para acercarle su taza de té, y a cada paso que daba, él tenía que expulsar el aire de sus pulmones. Era de una belleza apabullante, pero al mismo tiempo resultaba tranquilizadora. ¿Qué edad tendría y qué estaría haciendo allí, en mitad de ningún sitio e intentando dirigir un rancho?

—Aquí tienes, Jason.

Le gustó el modo en que pronunciaba su nombre. Cuando agarró la taza, sus manos se rozaron e, inmediatamente, sintió una punzada en el estómago.

—Gracias —dijo. Pensó que tenía que apartarse y no dejar que Bella Bostwick invadiera su espacio, pero al mismo tiempo deseaba que se quedase allí.

–De nada. Sugiero que nos sentemos o acabaré con dolor de cuello de tanto alzar la cabeza para mirarte.

Jason pensó que sentarse con una mujer en su salón para tomar el té y conversar era una de las locuras más grandes que había hecho jamás. Pero lo estaba haciendo y, en ese momento, no podía imaginar otro lugar en el que pudiera sentirse mejor.

–Háblame de ti, Jason –se oyó decir, deseosa de saber del hombre que parecía ocupar tanto espacio en su salón como en su cabeza.

–Soy un Westmoreland –respondió él con una sonrisa.

–¿Y qué significa ser un Westmoreland? –preguntó mientras se sentaba sobre las piernas para acomodarse aún más en el asiento.

–Somos muchos, quince en total –dijo Jason.

–¿Quince?

–Sí. Sin contar las tres cuñadas y el marido australiano de una prima. En nuestro árbol genealógico se nos conoce como los Westmoreland de Denver.

–¿Significa eso que hay más en otras partes del país?

–Sí, hay una rama procedente de Atlanta. Allí tenemos quince primos. La mayoría estaban en el baile.

Ella sonrió divertida. Recordó haber pensado en lo mucho que se parecían todos. Jason había sido el único al que había podido ver de cerca, el único con el que había mantenido una conversación antes de que su tío la sacara casi a la fuerza de la fiesta.

–Mi tío Kenneth y tú no os lleváis muy bien.

Si aquella afirmación sorprendió a Jason, no se reflejó en su rostro.

–No, nunca nos hemos llevado bien –dijo como si la idea no le molestase. De hecho, lo prefería así–. Nunca hemos estado de acuerdo en una serie de cosas, no sabría decirte exactamente por qué.

–¿Y qué me dices de mi abuelo? ¿Te llevabas bien con él?

–Así es. Herman y yo teníamos una muy buena relación, que comenzó siendo yo un niño. Me enseñó muchas cosas sobre cómo llevar un rancho y yo disfrutaba mucho de nuestras charlas.

–¿Te comentó alguna vez que tenía una nieta?

–No, pero tampoco sabía que tenía un hijo. El único familiar suyo al que conocía era Kenneth, y Herman y él mantenían una relación un tanto tirante.

Ella asintió. Había oído que su padre se había marchado de casa a los diecisiete años para ingresar en la universidad y no había regresado jamás. Su tío Kenneth afirmaba que no estaba seguro de si las discrepancias habían surgido siendo él mismo todavía un niño. David Bostwick había amasado su fortuna en la Costa Este, primero como promotor inmobiliario y luego como inversor en todo tipo de negocios lucrativos. Así había conocido a su madre, una joven de la alta sociedad de Savannah, hija de un armador y diez años mayor que él. El matrimonio se había basado más en un incremento de sus respectivas fortunas que en el amor. Bella sabía que tanto su padre como su madre habían mantenido discretas aventuras.

En cuanto a Kenneth Bostwick, sabía que el padre viudo de Herman, de setenta años de edad, se había casado con una joven de treinta y tantos años cuyo único hijo era Kenneth. Bella dedujo por ciertos comentarios que había logrado escuchar de la hija de Kenneth, Elyse, que Kenneth y Herman nunca se habían llevado bien porque éste pensaba que Belinda, la madre de Kenneth, no era más que una cazafortunas que se había casado con un hombre que podía ser su abuelo.

—Aquí todo el mundo se sorprendió al saber que Herman tenía una nieta.

Bella rió por lo bajo.

—Sí, para mí también fue una sorpresa descubrir que tenía un abuelo.

—¿No sabías de la existencia de Herman?

—No. Mi padre tenía casi cuarenta años cuando se casó con mi madre y ya tenía cincuenta cuando yo era una adolescente. Como nunca los mencionó, asumí que habían fallecido. No supe de Herman hasta que me citaron para la lectura del testamento. Mis padres ni siquiera me comentaron nada sobre el funeral. Ellos asistieron a la ceremonia, pero me habían dicho que se iban de la ciudad por un asunto de negocios. Fue a su vuelta cuando me anunciaron que el abogado de Herman les había aconsejado que yo asistiese al cabo de una semana a la lectura del testamento. No hace falta que diga que me disgustó que mis padres me ocultaran algo así durante tantos años. Pensaba que la enemistad entre mi padre y mi abuelo no tenía por qué haberme incluido a mí. Me invadió un enorme sentimiento de pérdida por no haber conocido a Herman Bostwick.

Jason asintió.

–A veces podía llegar a ser todo un caso, créeme.

–Háblame de él. Quisiera saber más del abuelo al que nunca conocí.

–Me sería imposible contártelo todo en un día.

–Entonces vuelve otro día a tomar el té y hablamos, si te parece bien.

Ella se mantuvo expectante, aunque pensaba que seguramente Jason tenía muchas más cosas que hacer con su tiempo aparte de sentarse con ella a tomar el té. Era probable que un hombre como él tuviese otras cosas en mente cuando estaba con alguien del sexo opuesto.

–Sí, me parece bien. De hecho, me encantaría.

Ella suspiró aliviada para sus adentros, sintiéndose de pronto aturdida, encantada.

–Bueno, será mejor que vuelva al trabajo.

–¿A qué te dedicas? –preguntó ella sin pensarlo.

–Comparto con varios de mis primos un negocio de cría y entrenamiento de caballos.

Le tendió la taza vacía, y entonces sus manos se rozaron y Bella se estremeció al tiempo que notaba que él había sentido lo mismo.

–Gracias por el té, Bella.

–De nada. Vuelve cuando quieras.

Él la miro a los ojos y sostuvo la mirada por un instante.

–Lo haré.

Capítulo Dos

El martes de la semana siguiente, Bella fue en coche a la ciudad a comprar electrodomésticos nuevos para la cocina. Quizá la adquisición de una cocina y un frigorífico no supongan mucho para algunos, pero para ella era la primera vez y estaba expectante. Además, así olvidaría la llamada que había recibido de su abogado a primera hora de la mañana.

Antes había hablado con sus padres y la conversación le había resultado agotadora. Su padre había insistido en que vendiese el rancho y volviese a casa de inmediato. Al colgar el teléfono, se había sentido más dispuesta que nunca a mantenerse lo más alejada posible de Savannah.

Llevaba tan sólo tres semanas en el rancho, pero el sabor de la libertad, el poder hacer lo que quisiera y cuando quisiera era un lujo al que se negaba a renunciar.

Luego pasó a pensar en otra cosa, o, mejor dicho, en otra persona. Jason Westmoreland. Cumpliendo su palabra, se había pasado hacía unos días a tomar el té con ella. La conversación fue muy agradable y él le contó más cosas sobre su abuelo. Supo que Jason y Herman habían mantenido una relación muy cercana y en parte se alegró al pensar que Jason había contribuido a aliviar la soledad de su abuelo.

Aunque su padre se había negado a contarle las razones que le llevaron a marcharse de casa, esperaba descubrirlo por sí misma. Su abuelo había escrito varios diarios y tenía intención de empezar a leerlos esa misma semana.

Jason también le resolvió sus dudas sobre cómo llevar el rancho y le aseguró que su capataz había trabajado para su abuelo durante varios años y conocía su oficio. Aunque la visita de Jason fue breve, ella la disfrutó enormemente.

Había conocido a algunos de los miembros de su familia, concretamente a las mujeres, ya que hacía un par de días se habían presentado en su casa con regalos de bienvenida al vecindario. Pamela, Chloe y Lucia eran Westmoreland por matrimonio y Megan y Bailey de nacimiento. Le hablaron de Gemma, la hermana de Megan y Bailey, que se había casado a primeros de ese año, se había trasladado a Australia y esperaba su primer hijo.

Las mujeres la habían invitado a cenar a casa de Pamela el viernes para que conociese al resto de la familia. Le pareció que la invitación era un gesto muy amable por su parte. A ellas les sorprendió que conociese ya a Jason porque él no les había comentado nada al respecto.

No estaba segura de por qué no lo había hecho, cuando era evidente que los Westmoreland eran una familia muy unida, pero supuso que los hombres tienden a mantener sus actividades en privado y no las comparten con nadie. Él le había dicho que iba a pasar de nuevo al día siguiente a tomar el té y ella esperaba ansiosa su visita.

Era obvio que entre ambos seguía existiendo una fuerte atracción, pero Jason siempre se comportaba como un caballero. Se sentaba frente a Bella con las piernas extendidas y tomaba el té mientras ella le hablaba. Bella intentaba no acaparar la conversación, pero descubrió que él era alguien con quien podía hablar y que escuchaba lo que tenía que decir.

Y Jason le había hablado de sí mismo. Bella supo que tenía treinta y cuatro años y que se había licenciado por la Universidad de Denver. También le contó que sus padres y sus tíos habían muerto en un accidente de avión cuando él tenía dieciocho años, dejando huérfanos a catorce hermanos y primos. Le habló lleno de admiración de cómo Dillon, su hermano mayor, y su primo Ramsey se habían propuesto mantener unida a la familia y lo habían logrado.

No pudo evitar comparar esa familia tan numerosa con la suya, porque ella era hija única y, aunque quería a sus padres, no recordaba ni una sola ocasión en que hubiesen estado muy unidos.

Entró en el aparcamiento de una de las principales tiendas de electrodomésticos. Cuando regresara a casa, hablaría con el capataz para ver cómo iban las cosas. Jason le había dicho que esas reuniones eran necesarias y que tenía que mantenerse al tanto de todo lo que pasaba en el rancho.

En cuanto entró en la tienda fue atendida por un vendedor y no le llevó mucho tiempo hacer las compras que necesitaba porque sabía exactamente lo que quería.

–¿Bella?

Se giró y estaba allí, con unos vaqueros que se ajustaban a sus vigorosos muslos, una camisa azul y una chaqueta ligera de piel que realzaba la anchura de sus hombros.

–Jason, ¡qué sorpresa tan agradable! –le dijo con una sonrisa.

Fue también una sorpresa agradable para Jason. Había entrado en la tienda y, de inmediato, como un radar, había detectado su presencia y sólo tuvo que seguir el olor de su cuerpo para encontrarla.

–Lo mismo digo. He venido a comprar un calentador para el barracón –dijo, devolviéndole la sonrisa. Se metió las manos en los bolsillos porque, de otro modo, se habría sentido tentado de agarrarla y besarla. Deseaba besar a Bella, pero se contuvo. No quería precipitar las cosas ni que Bella pensara que se interesaba por ella porque quería comprar a Hercules, porque no era el caso. Su interés se basaba en el deseo y la necesidad.

–El otro día conocí a las mujeres de tu familia. Vinieron a hacerme una visita –dijo ella.

–¿Ah, sí?

–Sí.

Sabía que acabarían por hacerlo, porque habían hablado de ir a darte la bienvenida al vecindario.

–Son muy agradables –afirmó Bella.

–Yo también lo creo. ¿Has comprado todo lo que necesitas? –se preguntó si comería con él si se lo pidiese.

–Sí, a finales de esta semana me llevarán la nevera y la cocina. Estoy emocionada.

Jason no pudo evitar reírse, porque realmente lo estaba.

–¿Vas a quedarte un tiempo por la ciudad, Bella?

–Sí. Tengo una reunión con Marvin a última hora de la tarde. Voy a reunirme con él una vez a la semana, como sugeriste.

Él se alegró de que hubiese seguido su consejo.

–¿Te apetece comer conmigo? Hay un sitio cerca de aquí donde se come bastante bien.

–Me encantaría.

Jason sabía que a él también le encantaría. Llevaba pensándolo mucho tiempo, sobre todo por la noche, cuando le costaba conciliar el sueño. Nunca se había sentido tan atraído por ninguna otra mujer. Tenía algo. Algo que no podía controlar y que lo atraía hacia ella. Quería averiguar hasta dónde iba a llegar y dónde acabaría.

–Podemos ir en mi camioneta. Tu coche estará bien aquí aparcado hasta que volvamos.

–Muy bien.

Salieron juntos de la tienda y se dirigieron hacia la camioneta. Era un hermoso día de mayo pero, cuando Jason vio que ella se estremecía, imaginó que, en un día como aquél, en Savannah hacía una temperatura de más de veinticinco grados. En Denver, se mostraban encantados si en el mes de junio superaban los quince.

Se quitó la chaqueta y se la echó por los hombros.

–No hacía falta que hicieras eso.

Él sonrió.

–Sí hacía falta. No quiero que te resfríes por mi culpa.

Bella llevaba pantalón negro y un jersey de lana azul claro. Como siempre, su aspecto era muy femenino. Y además llevaba su chaqueta. Siguieron caminando y, al llegar a la camioneta, ella alzó la vista y sus miradas se encontraron. Jason sintió la electricidad que surgía entre los dos. Ella apartó los ojos rápidamente, como si le avergonzara lo evidente de la atracción que había entre ambos.

–¿Quieres que te devuelva la chaqueta? –preguntó ella en voz baja.

–No, quédatela. Me gusta que la lleves.

Ella se mordió el labio inferior.

–¿Por qué te gusta que la lleve?

–Porque es así. Y porque es mía y la llevas tú.

Bella estaba convencida de que no había nada más cautivador que la sensación de llevar la chaqueta de un hombre cuya existencia representaba la esencia de la masculinidad. La impregnaba del calor, el olor y el aura de Jason en todos los aspectos posibles. La inundaba de la necesidad de tener, saber y sentir más de Jason Westmoreland. Al mirarle a través de la ventanilla del coche mientras él sacaba el teléfono para reservar mesa en el restaurante, no pudo evitar sentir cómo la sangre se aceleraba en sus venas y un calor se aposentaba en su interior.

Observó como volvía a meterse el teléfono en el

bolsillo, pasaba por delante de la camioneta y entraba en ella. Era el tipo de hombre con el que a una mujer le encantaría acurrucarse en una noche fría de Colorado. Sólo la idea de en estar con él frente a una chimenea encendida sería una fantasía hecha realidad para cualquier mujer... Y el mayor temor de Bella.

—¿Estás cómoda? —preguntó él, poniéndose un sombrero de ala ancha.

Ella lo miró, fijó la mirada en él por un instante y luego asintió.

—Sí, estoy bien, gracias.

—De nada.

Salió marcha atrás del aparcamiento sin decir una palabra, pero ella no dejó de fijarse en las manos que agarraban el volante. Eran grandes y fuertes, y ella imaginaba cómo la agarrarían. Ese pensamiento impregnó de calor cada célula, cada poro de su cuerpo, extendiéndose a sus huesos y haciendo que se rindiera a algo que nunca había experimentado con anterioridad.

Nunca antes le había preocupado ser virgen, y tampoco le preocupaba en ese momento, excepto por el hecho de que lo desconocido estaba sacando a la luz su lado más atrevido. Provocaba que anticipara cosas que no debía anticipar.

—Te veo muy callada, Bella —dijo Jason.

—Lo siento —respondió—. Estaba pensando en el viernes —decidió explicar.

—¿Viernes?

—Sí. Pamela me ha invitado a cenar.

—¿De verdad?

Bella detectó su tono de sorpresa.

–Sí. Dijo que sería la oportunidad perfecta para que los conociese a todos. Al parecer, todos mis vecinos son Westmoreland, sólo que tú eres el que vive más cerca.

–¿Y qué es lo que te preocupa tanto del viernes?

–La cantidad de miembros de tu familia que voy a conocer.

Él rió entre dientes.

–Sobrevivirás.

–Gracias por el voto de confianza. Háblame de ellos.

–Ya has conocido a los que creen que lo manejan todo, es decir, a las mujeres.

Ella se echó a reír.

–¿Acaso no es así?

–Las dejamos que se lo crean porque poco a poco nos van superando en número. Aunque Gemma está en Australia, sigue teniendo voz y voto. Cuando se le pide que opine, se pone del lado de las mujeres.

–¿Decidís las cosas por votación?

–Sí, creemos en la democracia. La última vez que lo hicimos fue para decidir dónde sería la cena de Navidad. Normalmente se celebra en casa de Dillon porque era la antigua casa familiar, pero estaban renovando la cocina, así que decidimos por votación ir a la de Ramsey.

–¿Todos tenéis casa?

–Sí. Al cumplir los veinticinco, todos heredamos cuarenta hectáreas. Me divirtió mucho bautizar mi finca.

–¿La tuya es Casa de Jason, verdad?

–Así es.

Mientras él le hablaba, el cuerpo de Bella había estado reaccionando al sonido de su voz como si tuviese el cometido de captar todos y cada uno de sus matices. Inspiró con fuerza y empezaron a conversar de nuevo, pero esta vez sobre la familia de ella. Él había sido sincero al hablarle de su familia, así que ella decidió serlo también sobre la suya.

–Mis padres y yo no estamos tan unidos y no recuerdo ningún momento en que lo estuviésemos. No están de acuerdo con que me haya trasladado aquí –dijo, preguntándose por qué quería compartir con él hasta el último detalle.

–¿Tienes más familia, primos?

–Mis padres eran hijos únicos. Tío Kenneth tiene un hijo y una hija, pero no he tenido contacto con ellos desde la lectura del testamento. El tío Kenneth sólo hablaba conmigo cuando pensaba que iba a vender el rancho y el ganado a su amigo.

Cuando la camioneta se detuvo frente a un enorme edificio, ella tuvo que secarse las lágrimas de lo mucho que se había reído con el relato de los líos en que se metía la menor de los Westmoreland.

–No puedo imaginar que tu prima Bailey –que a ella le parecía tan inocente– fuese tan camorrista de pequeña.

Jason se echó a reír.

–Eh, no te dejes engañar por ella. Los primos Aiden y Adrian están en Harvard y Bane se alistó en la Marina. Le pedimos a Bailey que se quedase en la

31

universidad local para poder tenerla vigilada —se echó a reír y luego añadió—: Y aquello fue un error, porque al final fue ella la que empezó a controlarnos a nosotros.

Cuando Jason apagó el motor de la camioneta, ella contempló a través del parabrisas el edificio que se alzaba ante ellos.

—¿Pero esto es un restaurante?

—No. Es Blue Ridge Management, la compañía que mi padre y mi tío fundaron hace unos cuarenta años. Cuando ellos murieron, Dillon y Ramsey se hicieron cargo de la empresa, pero Ramsey decidió finalmente convertirse en criador de ovejas y Dillon es ahora el director ejecutivo. Mi hermano Riley tiene un puesto en la directiva. Mis primos Zane y Derringer, al igual que yo, estuvimos trabajando para la empresa cuando terminamos nuestros estudios universitarios, pero el año pasado decidimos montar Montana Westmoreland y dedicarnos a entrenar y criar caballos. Digamos que el trabajo de oficina nunca fue nuestro fuerte. Como Ramsey, preferimos trabajar al aire libre.

Ella asintió y siguió su mirada hasta el edificio.

—¿Y vamos a comer aquí?

—Sí, conservo aquí mi despacho y de vez en cuando vengo a hacer negocios. He avisado de que veníamos y la secretaria de Dillon ya se ha ocupado de prepararlo todo.

Poco después caminaban por el enorme vestíbulo de Blue Ridge Land Management. Tras detenerse en el control de seguridad, tomaron el ascensor para acceder a la planta de los ejecutivos.

Jasón la sorprendió tomándola del brazo y conduciéndola hacia una serie de despachos para detenerse en uno en concreto que llevaba su nombre en la puerta. A ella le latía con fuerza el corazón. Aunque él no la había calificado como tal, para Bella aquella comida no dejaba de ser una cita.

La idea se vio reforzada cuando él abrió la puerta y vio la mesa preparada para el almuerzo. La habitación era espaciosa y desde ella se veía todo Denver.

–Jason, la mesa y la panorámica son preciosas. Gracias por invitarme a comer.

–De nada –dijo él, ofreciéndole una silla.

–Abajo hay un restaurante enorme para los empleados, pero pensé que aquí tendríamos más intimidad.

–Muy atento por tu parte.

«Lo he hecho por razones puramente egoístas», pensó Jason mientras se sentaba frente a ella. Le gustaba tenerla para él solo. Aunque no solía beber té, siempre estaba deseando visitarla para sentarse a charlar con ella. Disfrutaba de su compañía. La miró y sus miradas se encontraron. La reacción que tenían ambos con respecto al otro siempre le sorprendía, porque era natural y descontrolada al mismo tiempo. No podía detener el calor que fluía por su cuerpo en aquel momento, ni aun proponiéndoselo.

Lentamente, ella rompió el contacto visual para bajar la mirada al plato. Cuando volvió a mirarle, sonreía.

–Espaguetis.

Él no pudo evitar devolverle la sonrisa.

–Sí. Recuerdo que el otro día comentaste lo mucho que te gustaba la comida italiana.

–Me encanta la comida italiana –dijo ella, entusiasmada, mientras agarraba el tenedor.

Jason sirvió el vino y al mirarla la pilló sorbiendo un espagueti, que atravesó sus seductores labios. Sintió un nudo en el estómago, y cuando ella se chupó los labios, no pudo evitar envidiar a aquel fideo.

Al ver que le miraba, ella se ruborizó.

–Lo siento. Sé que estoy siendo maleducada, pero no me pude resistir –dijo con una sonrisa–. Es algo que siempre quise hacer y no pude cuando comía espaguetis con mis padres.

–No te preocupes. De hecho, puedes sorber el resto si te apetece. Aquí estamos sólo tú y yo.

–Gracias, pero será mejor que no lo haga.

–Intuyo que tus padres te imponían mucha disciplina –dijo, tomando un sorbo de vino.

–Lo siguen haciendo, o al menos lo intentan. Incluso ahora, no se detendrán ante nada para devolverme a Savannah con el fin de tenerme controlada. Esta mañana recibí una llamada de mi abogado advirtiéndome de que es posible que hayan encontrado una laguna legal en el fondo fiduciario que crearon mis abuelos antes de su muerte.

Él alzó una ceja.

–¿Qué tipo de laguna legal?

–Una que dice que se supone que tengo que estar casada pasado un año. Si eso es cierto, tengo menos de tres meses –dijo ella, indignada–. Seguro que esperan que vuelva a Savannah para casarme con Hugh.

–¿Hugh?

Bella lo miró a los ojos y Jason detectó la preocupación que había en su mirada.

–Sí, Hugh Pierce. Pertenece a una familia acaudalada de Savannah y mis padres han decidido que Hugh y yo somos la pareja perfecta.

Él vio cómo sus hombros se elevaban y descendían conforme lanzaba varios suspiros. Era obvio que no le gustaba la idea de convertirse en la señora de Hugh Pierce. Maldita sea, y a él tampoco le gustaba.

–¿Cuándo sabrás lo que tienes que hacer?

–No estoy segura. Tengo un buen abogado, pero he de admitir que el de mis padres tiene más experiencia en estas cosas. En otras palabras, es un viejo zorro. Estoy convencida de que mis abuelos dispusieron mi herencia pensando que velaban por mi futuro porque, en sus círculos sociales, lo ideal era que una joven se casara a los veintiséis años.

–¿Y tus padres no tienen reparos en obligarte a que te cases?

–No, en absoluto. No les importa mi felicidad. Lo único que les importa es demostrar una vez más que controlan mi vida y siempre la controlarán.

Jason detectó el temblor que había en su voz y cuando Bella bajó la vista como para mirar a los cubiertos, supo que estaba a punto de echarse a llorar. En ese momento, algo en su interior quiso levantarse, abrazarla y decirle que todo saldría bien.

–Creía que en la universidad me libraría de la vigilancia de mis padres, pero descubrí que habían delegado en determinadas personas, administrativos y profesores, para que me controlaran y les informaran de mi comportamiento –dijo ella, interrumpiendo sus pensamientos–. Y pensaba, de veras te lo digo, que el dinero que iba a heredar junto con el rancho eran el modo de empezar a vivir mi propia vida como quisiera y el fin de la autoridad de mis padres. Iba a ejercitar mi libertad por primera vez en la vida.

Hizo una breve pausa.

–Jason. Me encanta este sitio. Aquí puedo vivir como quiero, hacer lo que deseo. Es una libertad de la que no he disfrutado jamás y no quiero renunciar a ella.

–Entonces, no lo hagas. Lucha por lo que realmente quieres.

Ella volvió a dejar caer los hombros.

–Aunque mi idea es intentarlo, es más fácil decirlo que hacerlo. Mi padre es un personaje muy conocido e influyente en Savannah y tiene muchos amigos jueces. A cualquiera le resultaría ridículo intentar algo tan arcaico como obligar a alguien a casarse, pero mis padres recurrirán a la ayuda de sus amigos para que acabe accediendo.

Una vez más, Bella se quedó en silencio durante un rato.

–Cuando supe de la existencia de Herman y le pregunté a mi padre por qué nunca me contó nada de su vida aquí en Denver, no quiso decirme ni una sola palabra, pero he estado leyendo los diarios de mi abuelo. Afirma que mi padre odiaba vivir aquí. Mi abuela había venido de visita, conoció a Herman y se enamoró, así que nunca volvió al este. Su familia la desheredó por aquella decisión. Pero después de acabar sus estudios en la universidad, mi padre se trasladó a Savannah y buscó a sus abuelos maternos, quienes se mostraron dispuestos a aceptarlo de buen grado siempre y cuando nunca les recordara lo que ellos consideraban una traición por parte de su hija, y así lo hizo.

Entonces Bella enderezó la espalda y esbozó una sonrisa forzada.

—Cambiemos de tema —sugirió—. Pensar en mis tribulaciones ya es de por sí bastante deprimente y has organizado una comida demasiado agradable como para que nos vengamos abajo.

Disfrutaron del resto del almuerzo y hablaron de otras cosas. Él le habló de su negocio de cría de caballos y sobre cómo él y los Westmoreland de Atlanta habían descubierto que eran parientes a través de su bisabuelo Raphel Westmoreland.

—¿De veras tu abuelo estuvo casado con todas esas mujeres? —preguntó ella después de que él le relatara la historia de cómo Raphel se había convertido en la oveja negra de la familia al fugarse a principios del siglo XX con la mujer del predicador y le hablara de todas las esposas que supuestamente había ido acumulando por el camino.

—Eso es lo que todo el mundo está intentando averiguar. Necesitamos saber si existen más Westmoreland. Megan ha contratado a un detective privado para que le ayude a resolver el enigma de las esposas de Raphel. Hemos desechado a dos y nos quedan dos más por investigar.

Poco después de acabar los postres y el café, Jason miró su reloj.

–Vamos según lo previsto. Te llevaré de regreso a tiempo para recoger tu coche y llegar a la reunión con Marvin.

Jason se puso en pie, rodeó la mesa y le tendió la mano. En el momento en que se tocaron, una oleada de sensaciones les recorrió al mismo tiempo. Les caló hasta los huesos, se les enredó en la carne y él no pudo sino estremecerse. El aroma del cuerpo de Bella lo inundó y exhaló un suspiro entrecortado.

Una parte de su cabeza le decía que se apartara y pusiese cierta distancia entre ambos. Pero otra parte de él le dijo que se enfrentaba a lo inevitable. Desde el principio había existido aquella atracción, ese grado de deseo entre los dos. Para él, desde el momento en que la había visto entrar en el salón de baile con Kenneth Bostwick. Allí había sabido que la deseaba.

Se miraron y, por un instante, él pensó que ella apartaría la mirada, pero no lo hizo. Bella no podía resistirse a él más de lo que Jason podía resistirse a ella y ambos lo sabían, razón por la que, seguramente, cuando él se aproximó y comenzó a inclinar la cabeza, Bella se puso de puntillas y le ofreció su boca.

En cuanto sus labios se encontraron, un sonido ronco y gutural surgió de la garganta de Jason y la besó con más fuerza al ver que ella le rodeaba el cuello con los brazos. Deslizó la lengua con facilidad en su boca, explorando primero un lado y luego el otro, así como las zonas intermedias, y luego la enredó con la de ella en un profundo acoplamiento. Cuando Bella repitió la secuencia, una sacudida de deseo inundó el cuerpo de Jason.

Y prendió.

«Dios santo». Un ansia como nunca había experimentado con anterioridad se aposentó en su mente. Sintió una conexión sexual con ella que nunca había sentido con ninguna otra mujer. Mientras sus lenguas se deslizaban la una en la otra, partes de él se prepararon, dispuestas a explotar en cualquier momento. Nunca había conocido una pasión tan incontenible, un deseo tan patente y una necesidad tan primaria.

La boca de Jason se afanaba en saborear la de Bella, pero el resto de su cuerpo ansiaba sentirla, abrazarla con más fuerza. Instintivamente, sintió que ella se reclinaba sobre él y sus cuerpos se unían desde el pecho hasta las rodillas mientras Jason la besaba con más pasión. Gimió, preguntándose si alguna vez se encontraría saciado.

Bella sentía lo mismo con respecto Jason. Ningún hombre la había abrazado con tal fuerza, la había besado con tanta pasión y le había provocado aquellas sensaciones que recorrían su cuerpo a una velocidad mayor que la de la luz.

Y ella notaba su erección, su miembro rígido y palpitante sobre su sexo, apretándose con fuerza en la intersección de sus muslos, haciendo que sintiera allí, justo allí, cosas totalmente nuevas para ella. Era más que un hormigueo. Experimentaba dolor en ese preciso lugar. Se sentía como una masa de queroseno y él era la antorcha que la iba a encender para hacerla explotar en llamas. Jason era puro músculo apretándose contra ella y ella lo quería todo. Lo deseaba. No estaba segura de lo que su deseo entrañaba, pero sabía que era el único hombre que la hacía sentir de aquel modo. Deseaba que fuera él, y nadie más, quien la hiciera sentirse así.

Cuando finalmente Jason retiró la boca y dejó su rostro pegado al de Bella. Instintivamente, ella le lamió los labios de punta a punta, reacia a renunciar su sabor. Jason emitió entonces un sonido gutural que desató el deseo de Bella e hizo que acercara los labios a los de él, momento en que Jason volvió a apoderarse de su boca. Le introdujo la lengua como si tuviese todo el derecho a estar allí, cosa en la que ella estuvo de acuerdo.

Lentamente, dejó de besarla y la miró a los ojos durante un largo rato. Luego le acarició los labios con el pulgar y paseó los dedos por los rizos de su pelo.

—Será mejor que nos vayamos o no llegarás a la reunión —dijo él, bajando el tono de voz.

Incapaz de pronunciar una sola palabra, ella se limitó a asentir.

Entonces él la tomó de la mano y enlazó sus dedos con los de ella, y las sensaciones que había experimentado siguieron estando presentes, casi de forma insoportable, pero Bella se propuso combatirlas. Desde ese momento en adelante. No podía iniciar una relación con nadie, sobre todo con alguien como Jason. Y menos en aquel momento.

Ya tenía bastante con el rancho y con sus padres.

Tenía que mantener la cabeza fría y no dejarse atrapar por los deseos de la carne. No necesitaba un amante; necesitaba una estrategia.

Y conforme salían juntos del despacho, Bella intentó deshacerse de sus sentimientos. Acababan de besarla hasta hacerle perder el conocimiento y estaba intentado convencerse de que, pasara lo que pasara, no volvería a ocurrir.

El único problema era que su cabeza había decidido una cosa y su cuerpo reclamaba otra distinta.

Capítulo Tres

Jason se pasó la mano por la cara mientras observaba a Bella correr hacia el coche. Se cercioró de que entraba en él y salía del aparcamiento, y luego salió él detrás en el suyo.

No pensaba preguntarse por qué la había besado, porque lo sabía perfectamente. Ella era pura feminidad, una tentación que no muchos logran resistir y una inyección de deseo en los brazos de un hombre. Él había tenido de todo aquello, y no en pequeñas, sino en grandes cantidades. Una vez conocido su sabor, deseaba saborearla una y otra vez.

Al detener la camioneta ante un semáforo, miró su reloj. Bella no era la única que tenía una reunión aquella tarde. Zane, Derringer y él tenían una teleconferencia con sus tíos desde Montana en menos de una hora. No lo había olvidado, pero no había sido capaz de acortar el tiempo que había pasado con Bella. Todavía conservaba su sabor en la boca, así que se alegraba de no haberlo hecho.

Negó con la cabeza, porque le seguía costando creer lo bien que habían conectado con aquel beso, y eso le llevó a preguntarse cómo conectarían en otras cosas y otros lugares... como en el dormitorio.

No podía quitarse de la cabeza la idea de ella desnuda con los muslos abiertos mientras él la penetraba. La deseaba con todas sus fuerzas y, aunque quería pensar que sólo se trataba de una atracción física, no estaba seguro de que fuese así. Y si no lo era, ¿de qué se trataba entonces?

No pudo ahondar en el tema porque en aquel momento sonó el teléfono. Lo sacó del cinturón y vio que era su primo Derringer. Se había casado hacía poco más de un mes, y eso que Jason creía que era la última persona que llegaría a enamorarse. Pero lo había hecho, y era comprensible. Lucia era una mujer muy valiosa y todos pensaban que era una gran incorporación a la familia Westmoreland.

—¿Sí, Derringer?

—Eh, tío, ¿dónde estás? ¿Has olvidado la reunión de hoy?

—No, no la he olvidado y estoy a menos de treinta minutos.

—Muy bien. Me han dicho que tu dama vendrá a cenar el viernes por la noche.

Jason se detuvo a pensar por un instante. Aquel comentario le hubiese molestado viniendo de cualquier otro, pero Derringer era Derringer y las dos personas que sabían mejor que nadie que no tenía una «dama» eran sus primos Derringer y Zane. Sabiéndolo, imaginó que lo que intentaba Derringer era sacarle información.

—No tengo una dama y tú lo sabes.

—¿Ah, sí? En ese caso ¿desde cuándo te has aficionado al té?

Él se echó a reír sin apartar los ojos de la carretera.

43

–Ah, veo que nuestra querida Bailey ha estado haciendo comentarios.

–¿Quién si no? Puede que Bella se lo contase a las mujeres durante la visita, pero por supuesto, Bailey es la que ha decidido que estás loco por la belleza sureña. Y éstas son palabras de Bailey, no mías.

–Gracias por aclarármelo –no sólo estaba loco por Bella Bostwick. El pulso se aceleraba con sólo pensar en el beso que se habían dado.

–De nada. Ponme al día, Jason. ¿Qué hay entre tú y la belleza sureña?

–Admito que me atrae, pero ¿a quién no? En todo caso, no es algo serio.

–¿Estás seguro?

Jason apretó el volante: ése era el quid de la cuestión. Cuando pensaba en Bella, lo único de lo que estaba seguro era que la deseaba de un modo en que jamás había deseado a ninguna otra mujer. Seguramente se estaba adentrando en terreno peligroso, pero por razones que no lograba entender, no podía admitir que estaba seguro de que fuese así.

–Ya te contaré.

Le incomodó pensar que no había ofrecido una respuesta a Derringer porque no podía. Y para un hombre que siempre había tenido las cosas claras a la hora de hablar del lugar que una mujer ocupaba en su corazón, imaginaba lo que Derringer estaría pensando.

Él mismo estaba intentando no pensar lo mismo. Cielos, sólo había pretendido ser un buen vecino y luego se había dado cuenta de lo mucho que disfrutaba en su compañía. Y además estaba la atracción que había surgido entre los dos y que él no había sido capaz de ignorar.

–Nos vemos cuando llegues, Jason. Conduce con cuidado –dijo Derringer sin más comentarios sobre Bella.

–Lo haré.

Bella contemplaba las montañas desde la ventana de su dormitorio. La reunión con Marvin había sido informativa y un poco abrumadora, pero había captado lo que él le había dicho. En lo alto de la lista estaba Hercules. El caballo estaba nervioso, y todo el mundo sabía cuándo no estaba de buen humor.

Según Marvin, llevaban tiempo sin montarlo porque pocos hombres se le podían acercar. El único capaz de manejar a Hercules era Jason. El mismo que ella había decidido evitar en adelante. Reconocía el peligro en cuanto lo veía y en este caso era un peligro que podía además sentir. Físicamente.

Si él seguía visitándola, si seguía pasando el tiempo con ella, no importaba cómo, se sentirían tentados de ir aún más lejos. Lo ocurrido demostraba que ella era prácticamente arcilla en sus manos y no quería imaginar qué pasaría si aquello iba a más. Le gustaba, pero al mismo tiempo se sentía amenazada.

En ese instante sonó el teléfono móvil y ella puso los ojos en blanco al ver que quien llamaba era su madre. Exhaló un suspiro antes de decir:

–¿Sí, mamá?

–Habrás sabido por tu abogado que hemos encontrado una estipulación en tu fondo fiduciario.

–Sí, ya me lo ha contado –por supuesto, Melissa Bostwick se había tomado la molestia de llamar para regodease. Si todo les salía bien, acabaría dependiendo de ellos de por vida.

–Bien. Tu padre y yo esperamos que pongas fin a esta estupidez y vuelvas a casa.

–Lo siento, mamá, pero ya estoy en casa.

–No, no lo estás, y si sigues haciendo el idiota, acabarás arrepintiéndote. ¿Qué harás cuando te quedes sin dinero?

–Supongo que buscar un trabajo.

–No seas ridícula.

–Hablo en serio. Lamento que no sepas apreciar la diferencia. Tengo veinticinco años, por Dios santo. Tenéis que dejar que haga mi vida.

–Y te dejaremos, pero allí no. Además, Hugh ha estado preguntado por ti.

–Muy amable por su parte. ¿Alguna cosa más, mamá?

–Quiero que dejes de complicar las cosas.

–Si querer vivir mi vida como yo quiero, es complicar las cosas, prepárate para más días complicados de ahora en adelante. Adiós, mamá.

Por respeto, Bella no colgó el teléfono hasta que oyó que su madre colgaba, y entonces negó con la cabeza. Sus padres estaban convencidos de que la tenían donde ellos querían.

Y esa posibilidad le preocupaba más que ninguna otra cosa.

***

Jason paseó la mirada por la habitación. Todos sus primos habían conversado en un aparte con Bella. Sin duda estaban tan fascinados por su inteligencia como por su belleza. Y había sido así desde el momento en que llegó. Más de una vez había tenido que lanzar una mirada asesina a Zane para que retrocediera. No sabía muy bien por qué.

De hecho, según su punto de vista, ella estaba bastante fría con él. Aunque se mostraba educada, nadie podría imaginar que había devorado su boca como lo había hecho tres días antes en su despacho. Y quizá era ésa la razón por la que Bella actuaba de aquel modo. Se supone que nadie lo sabía. Era su secreto. ¿No? No.

Conocía bien a su familia, mucho mejor que ella. El hecho de que ellos dos actuasen como si fuesen conocidos sólo les hacía sospechar. Su hermano Riley ya había expresado sus sospechas.

–¿Problemas en el paraíso con la belleza sureña?

Él había fruncido el ceño, tentado de decirle a Riley que no había problemas en el paraíso porque él y Bella no tenían ese tipo de relación. Tan sólo se habían besado una vez, por Dios santo. Dos, teniendo en cuenta que hubo un segundo beso antes de salir del despacho.

Así que, de acuerdo, se habían besado dos veces. No era para tanto. Inspiró hondo y se preguntó por qué le daba tanta importancia si no era para tanto. ¿Por qué había llegado temprano a esperar su llegada como un niño espera la llegada de la Navidad?

–Estás muy callado esta noche, Jason.

Levantó la vista, vio que su prima Bailey estaba

junto a él y supo por qué estaba allí. No sólo quería hurgar en su cabeza: quería diseccionar su mente.

—No más que de costumbre, Bail.

—Pues yo creo que sí. ¿Tiene Bella algo que ver?

—¿Y qué te hace pensar así?

Ella se encogió de hombros.

—Es que no paras de mirarla cuando crees que nadie te ve.

—Eso no es verdad.

Bailey sonrió.

—Sí lo es. Seguramente lo haces sin darte cuenta.

¿Era así? ¿Se había notado tanto que miraba a Bella? Por supuesto, alguien como Bailey, que siempre estaba al tanto de todo y de todos, o al menos, lo intentaba, no dejaba pasar esas cosas por alto.

—Pensaba que iba a ser una cena informal.

Bailey sonrió.

—Eso pensó Ramsey la primera vez que trajo a Chloe para presentársela a la familia.

—La única diferencia es que Ramsey trajo a Chloe. Yo no he traído a Bella ni la he invitado.

—¿Estás diciendo que preferirías que no hubiese venido?

Odiaba que Bailey intentara poner en su boca cosas que no había dicho. Y hablando de boca... miró hacia el otro lado de la habitación y vio cómo se movía la de Bella sin poder evitar recordar todo lo que había hecho con ella al besarla.

—¿Jason?

Entonces recordó la pregunta de Bailey y pensó que, hasta que no le respondiese, ella no se movería de allí.

–No, no estoy diciendo eso y lo sabes. No tengo ningún inconveniente en que Bella esté aquí.

¿Por qué sus hermanos y primos se pegaban a ella, atendían a todo lo que decía y la miraban tanto?

Llevaba un vestido cruzado azul eléctrico de escote redondo y largo por encima de la rodilla que acentuaba su delgada cintura, sus pechos firmes y sus piernas estilizadas. Le sentaba maravillosamente bien. Tanto, que podía admitir que se le había acelerado el corazón nada más verla aparecer.

–Están a punto de servir la cena. Más te vale sentarte cerca de ella. Los demás no dudarán en quitarte de en medio a patadas.

Jason miró hacia donde estaba Bella y pensó que nadie le quitaría de en medio a patadas en lo referente a ella. Y que no se atrevieran a intentarlo.

Bella sonreía ante un comentario de Zane mientras intentaba no dirigir la mirada hacia Jason. Habían hablado a su llegada, pero desde entonces se había mantenido apartado, había preferido dejar que fuesen sus hermanos y sus primos los que le hiciesen compañía.

Nadie diría que eran dos personas que casi se habían arrancado las bocas hacía tan sólo unos días. Pero quizá ésa era la cuestión. Quizá él no quería que nadie se enterase. Pensándolo bien, ella ni siquiera le había preguntado si tenía novia. Y no le extrañaría que la tuviera. Que se hubiese pasado a tomar el té sólo significaba que era una persona amable. Y tenía que recordar que él siempre había guardado las formas con ella.

Hasta el día en que fueron a su despacho.

¿Qué le había llevado a besarla? Había habido mucha química desde el principio, pero ninguno había hecho nada al respecto hasta ese día. ¿Es que el traspasar esos límites había llevado la relación entre ambos a una situación de la que nunca se recuperaría? Esperaba de corazón que no. Él era una persona muy agradable, terriblemente encantadora. Y aunque había decidido que lo mejor por el momento era que mantuviesen las distancias, deseaba conservar su amistad.

—Pam está avisando a todo el mundo para la cena —anunció Dillon conforme se acercaba al grupo—. Deja que te acompañe al comedor —dijo, tomando a Bella del brazo.

Ella le dedicó una sonrisa.

—Gracias.

Miró a Jason. Sus miradas se encontraron y ella experimentó las mismas sensaciones que cuando lo tenía cerca. Ese rebullir en la boca del estómago la dejaba sin respiración.

—¿Estás bien? —le preguntó Dillon.

Ella levantó la vista y vio la preocupación que reflejaban sus ojos negros, porque se había dado cuenta de que había mirado a su hermano.

—Sí, estoy bien.

Deseó que lo que había dicho fuese verdad.

A Jason no le sorprendió que lo sentaran en la mesa junto a Bella. Las mujeres de la familia tendían a actuar de casamenteras cuando se lo proponían, lo cual podía disculparse teniendo en cuenta que tres de ellas estaban felizmente casadas.

Agachó la cabeza, más de lo que pensaba, para preguntarle a Bella si lo estaba pasando bien, y cuando ella se giró para mirarlo sus labios estuvieron a punto de tocarse. Jason estuvo a pique de ignorar a todos los que estaban sentados a la mesa y sucumbir a la tentación de besarla.

Ella debió de leerle la mente y se ruborizó, así que él tragó saliva y apartó la boca.

—¿Te lo estás pasando bien?

—Sí. Y agradezco a tu familia que me haya invitado.

—Estoy seguro de que están encantados de tenerte aquí —dijo él.

Cuando acabó la cena y las conversaciones hubieron amainado eran casi las diez. Alguien sugirió que, dado lo tarde que se había hecho, sería conveniente acompañar a Bella a su casa. Varios de los primos de Jason reclamaron ese honor y éste decidió que tenía que acabar con aquel sinsentido de una vez por todas, de modo que dijo en un tono que no admitía discusiones:

—Yo acompañaré a Bella.

Automáticamente todas las conversaciones cesaron y nadie cuestionó su intención.

—¿Estás lista? —preguntó a Bella amablemente.

—Sí.

Ella dio las gracias y abrazó a los primos y hermanos de Jason. Era obvio que a todos les había caído bien y que habían disfrutado con su visita. Después de desear las buenas noches, él la siguió al exterior.

Bella miró por el retrovisor y vio que Jason la seguía a una distancia prudente. Se echó a reír al pensar que, tratándose de Jason, ninguna distancia lo era. Se ponía nerviosa sólo de pensar que lo tenía cerca. Hasta sentarse con él en la mesa había sido un desafío para ella, porque cada vez que le hablaba y ella le miraba a la cara y se fijaba en su boca, recordaba el momento en que se habían besado.

Cuando se detuvieron en su jardín, emitió un suspiro de alivio, porque había previsto que volvería de noche y había dejado las luces exteriores encendidas. Aparcó el coche y cuando abría la puerta para salir vio que Jason ya estaba a su lado. Empezó a respirar agitadamente y sintió pánico.

—No hace falta que me acompañes hasta la puerta, Jason —dijo ella rápidamente.

—Quiero hacerlo —se limitó a decir él.

Ella lo miró con fastidio al recordar que se había pasado la noche evitándola.

—¿Y por qué?

—¿Y por qué no? —sin esperar respuesta, la tomó de la mano y la llevó hasta la puerta de la casa.

«¡Bien!», pensó, echando chispas internamente y aguantando las ganas de soltarle la mano. El capataz vivía en el rancho y ella sabía que no debía montar una escena con Jason bajo aquellas luces. Él se quedó tras ella mientras abría la puerta y Bella pensó que pretendía asegurarse de que no había ningún peligro dentro de la casa antes de marcharse. Y tenía razón, porque la siguió hasta el interior.

Cuando cerró la puerta tras ellos, ella apoyó las manos en las caderas y abrió la boca para decirle lo que pensaba, pero él se le adelantó:

—¿El beso del otro día estuvo fuera de lugar, Bella?

La suavidad con que hizo la pregunta, dio a Bella que pensar y dejó caer las manos. No, no había estado fuera de lugar en primer lugar porque ella había deseado ese beso. Había deseado sentir su boca en la de ella, su lengua enredada con la de ella. Y siendo sincera, podría admitir que deseaba que sus manos la recorriesen y la acariciasen como ningún otro hombre lo había hecho antes.

Jason esperaba una respuesta.

—No, no estuvo fuera de lugar.

—¿Entonces a qué viene que hoy estuvieses tan fría conmigo?

Ella alzó la barbilla.

—Lo mismo podría preguntarte yo, Jason. No es que hayas sido el señor Simpatía precisamente.

Jason se quedó en silencio durante un instante, pero ella adivinó que su comentario había hecho mella en él.

—No, no lo he sido precisamente —admitió.

Aunque había sido ella quien le había acusado, le sorprendió que lo admitiera.

—¿Por qué? —ella sabía la razón de su distanciamiento, pero quería conocer sus razones.

—Las damas primero.

—Bien —dijo ella, dejando el bolso sobre la mesa—.

Creo que deberíamos tener una pequeña conversación. ¿Quieres beber algo?

—Sí —dijo él, frotándose la cara con frustración—. Me vendría bien una taza de té.

Ella alzó la vista hacia él, sorprendida por la elección. No hace falta decir que desde aquel primer día en que apareció por allí, Bella había comprado un par de botellas de cerveza y otra de vino para ofrecerle. Pero como había pedido té, le dijo:

—Muy bien, vuelvo enseguida —y salió de la habitación.

Jason la vio marchar y se sintió más frustrado que nunca. Ella tenía razón, debían hablar. Negó con la cabeza. ¿Desde cuándo se habían complicado tanto las cosas entre ambos? ¿Desde aquel beso? ¿Un beso que iba a llegar tarde o temprano dada la enorme atracción que sentía el uno por el otro?

Lanzó un profundo suspiro, preguntándose cómo le iba a explicar la frialdad con que la había tratado esa noche. ¿Cómo iba a decirle que su comportamiento no era más que un mecanismo de defensa porque la deseaba más de lo que jamás había deseado a ninguna otra mujer?

El teléfono de Bella sonó y Jason se preguntó quién podría ser a aquellas horas, pero pensó que no era asunto suyo cuando ella contestó al segundo timbrazo. Nunca se había atrevido a preguntarle si tenía novio o no y había asumido que no lo tenía.

Un rato después, Jason miró hacia la cocina al escuchar un ruido, el sonido de algo que se estrellaba contra el suelo. Rápidamente, entró a ver qué había pasado y a asegurarse de que Bella estaba bien.

Se extrañó al entrar en la cocina y encontrársela agachada recogiendo la bandeja que se le había caído y dos tazas rotas.

—¿Estás bien, Bella? –preguntó.

Ella siguió recogiendo sin mirarlo.

—Estoy bien. Se me cayó sin querer.

Jason se inclinó hacia ella.

—Al menos, no había té en las tazas. Podrías haberte quemado. Deja que te ayude.

Entonces se giró.

—Puedo hacerlo sola, Jason. No necesito tu ayuda.

La miró a los ojos y, de no haber visto que los tenía rojos, se habría tomado en serio sus palabras hirientes.

—¿Qué pasa?

En lugar de contestar, negó con un gesto y apartó la mirada, negándose a volver mirarlo. Recuperando rápidamente la calma al verla tan disgustada, la agarró por la cintura y la ayudó a levantarse del suelo.

Una vez la tuvo frente a él, inspiró profundamente y dijo:

—Quiero saber qué es lo que pasa, Bella.

Ella también inspiró con fuerza.

—Era mi padre. Ha llamado para regodearse.

Jason frunció el ceño.

—¿De qué?

—Él y su abogado han obtenido un mandamiento judicial en contra de mi fondo fiduciario y quería que supiese que han suspendido mi asignación mensual.

Jason detectó el temblor de su voz.

—Pero creía que faltaban tres meses para que cumplieses veintiséis años.

—Así es, pero algún juez, seguramente amigo de papá, ha considerado que mis padres tienen motivos para retener mi dinero. No creen que vaya a casarme antes de la expiración del fondo fiduciario. Necesito el dinero, Jason. Contaba con él para pagar a mis hombres y todos los trabajos que he pedido que se hagan aquí. Hay muchas cosas de las que mi abuelo no se había ocupado y había que hacer, como reparar el tejado del granero. Mis padres me están poniendo en un aprieto intencionadamente y lo saben.

—Seguro que hay algo que tu abogado pueda hacer.

—Hace un rato me envió un mensaje diciendo que no podemos hacer nada ahora que hay un juez de por medio. E incluso si pudiéramos, llevaría tiempo y mis padres lo saben. Es un tiempo que ellos calculan que no tengo, lo cual se inclina a su favor. Cierto, tengo el rancho, pero hace falta dinero para mantenerlo en funcionamiento.

Él negó con la cabeza.

—¿Y todo porque no te has casado?

—Sí. Creen que me educaron para ser la esposa de alguien como Hugh, que ya tiene su puesto en la alta sociedad de Savannah.

Jason se quedó en silencio un instante.

—¿El fondo fiduciario especifica con quién tienes que casarte?

—No, sólo dice que tengo que estar casada. Supongo que mis abuelos lo elaboraron pensando que me casaría automáticamente con alguien que estuviese a mi altura.

De pronto, a Jason se le ocurrió una idea. Era una locura… pero podría tener efecto a largo plazo. Al final, ella conseguiría lo que deseaba y él también.

Extendió la mano para tomar la de Bella, sus dedos se entrelazaron y él intentó ignorar los sentimientos que le provocaba el tocarla.

—Sentémonos un rato. Creo que tengo una idea.

Bella dejó que la condujese hasta la mesa de la cocina, se sentó con las manos sobre la mesa y lo miró expectante.

—Prométeme que no te cerrarás cuando escuches mi proposición.

—Vale, lo prometo.

Él se detuvo un instante y luego dijo:

—Creo que deberías hacer lo que quieren tus padres y casarte.

—¿Cómo?

—Piénsalo, Bella. Puedes casarte con quien quieras para conservar tu fondo fiduciario.

Bella estaba aún más confundida.

—No entiendo, Jason. No mantengo ninguna relación con nadie, ¿con quién se supone que me voy a casar?

—Conmigo.

Capítulo Cuatro

Bella se quedó con la boca abierta

–¿Contigo?

–Sí.

Miró a Jason largo y tendido y luego negó categóricamente con la cabeza.

–¿Y por qué querrías tú casarte conmigo? –preguntó, confundida.

–Piénsalo, Bella. Ambos saldríamos ganando de esta situación. Si te casas conmigo, conservarás tu fondo fiduciario y tus padres no podrán interponerse. Y yo también obtendré lo que quiero: tu finca y a Hercules.

Ella abrió los ojos, asombrada.

–¿Estás hablando de un matrimonio de conveniencia?

–Sí –Jason pudo ver una luz brillando en la mirada inocente de Bella. Pero luego se volvió cautelosa.

–¿Y quieres que te dé mi finca y a Hercules?

–La finca sería para los dos y Hercules sólo para mí.

Bella se mordisqueó el labio inferior pensando en la proposición al tiempo que intentaba evitar la decepción que amenazaba con invadirla. Había ido a Denver a vivir de forma independiente, no dependiente. Pero lo que él proponía no era lo que ella había planeado. Estaba aprendiendo a vivir sola sin el control de sus padres. Quería tener su propia vida y Jason acababa de proponerle que la compartiesen. Incluso aunque fuese un arreglo temporal, no iba a poder evitar sentir que le arrebataban su independencia.

–¿Y cuánto tiempo tendremos que estar casados?

–Tanto como queramos, pero al menos un año. Luego seremos libres de pedir el divorcio. Pero piénsalo, una vez que enviemos a tu padre la prueba de que estamos legalmente casados, no tendrá más remedio que levantar la suspensión de tu fondo fiduciario.

Bella sabía que sus padres siempre serían sus padres y, aunque los quería, no podía seguir soportando el modo en que la controlaban. Creía que la proposición de Jason podría funcionar, pero todavía albergaba algunas reservas y preocupaciones.

–¿Viviremos en casas separadas? –se atrevió a preguntar.

–No, viviremos o aquí o en mi casa. No me importa mudarme aquí si hace falta, pero no podemos vivir separados. No podemos darles ni a tus padres ni a nadie razones para pensar que nuestro matrimonio es una farsa.

Ella asintió, pensando que era lógico, pero tenía que hacerle otra pregunta. Era delicada, pero necesitaba saber la respuesta. Se aclaró la garganta.

–Y si vivimos en la misma casa, ¿esperas que durmamos en la misma cama?

Él la miró fijamente.

–Creo que a estas alturas ha quedado claro que existe una atracción entre nosotros, razón por la cual esta noche, tal y como tú has señalado, no he sido precisamente el señor Simpatía. El beso que nos dimos me hizo desear más y creo que sabes a lo que podría haberme llevado ese deseo.

Sí, Bella lo sabía. Y dado que él estaba siendo sincero con ella, se vio en la necesidad de corresponder.

–Y la razón por la que estuve «fría», como has dicho, fue porque al besarte sentí cosas que nunca había sentido antes y con todo lo que me está pasando, lo último que necesito es un amante. ¿Y ahora pretendes que acepte a un marido, Jason?

–Sí, pero sólo porque así dejarás de tener los problemas que tienes. Y me gustaría que nos acostásemos juntos, pero esa decisión te la dejo a ti. No voy a presionarte para que hagas algo que te incomode, pero seguramente sabes que, si vivimos bajo el mismo techo, tarde o temprano acabará sucediendo.

Bella tragó saliva. Sí, lo sabía. Si se casaba, se solucionarían sus problemas y, como Jason había dicho, él también obtendría lo que deseaba: ser copropietario de la finca y dueño de Hercules.

Ambos saldrían ganando de esa situación.

Pero aun así...

–Tengo que pensarlo, Jason. Tu proposición me parece buena pero tengo que estar segura de que es la solución adecuada.

–¿Cuánto tiempo crees que necesitarás para pensarlo?

–Como mucho una semana. Para entonces ya tendré una respuesta –y deseó por encima de todas las cosa que fuese la correcta.

–Vale, me parece bien.

–¿No estás saliendo con nadie? –preguntó ella, porque necesitaba asegurarse.

–No. Créeme. No podría estar con alguien y besarte de la forma en que lo hice el otro día.

La mención del beso le hizo recordar ese día y la facilidad con que sus labios se habían amoldado a los de él. Había percibido enseguida su pasión, y algunas de las cosas que le había hecho con la lengua casi le hacen perder la cabeza. El cuerpo de Bella se estremecía en secreto por la intensidad de aquellos recuerdos. ¿Y esperaba que viviesen bajo el mismo techo sin acostarse? Definitivamente, era una expectativa nada realista por su parte. Desde que se besaron, estar bajo el mismo techo el tiempo que fuese era una bomba de relojería pasional que tarde o temprano estallaría y ambos lo sabían.

Ella lo miró desde el otro lado de la mesa y se le encogió el estómago. Él la estaba mirando igual que aquel día justo antes de besarla. Y ella le había devuelto el beso. Se había acoplado a su boca y había disfrutado de cada segundo.

Reconocía su mirada. Una mirada enigmática y ansiosa que sugería que la deseaba y que, si se le diese la oportunidad, la tomaría allí mismo, sobre la mesa de la cocina, en un acto que entrañaría algo más que besos.

Tragando saliva con dificultad, Bella apartó la mirada y pensó que sería buena idea cambiar de temá. Hablar de un posible casamiento entre ambos no era lo más adecuado en ese momento.

–Al menos he pagado los electrodomésticos que me traerán la semana que viene. Creo que esta cocina y esta nevera estaban ya en la casa cuando mi padre vivía aquí.

–Seguramente.

–Así que hacían falta nuevos, ¿no te parece?

Durante los diez minutos siguientes estuvieron hablando de asuntos triviales. Cualquier otra cosa podía levantar chispas e incendiarse en Dios sabe qué.

–¿Bella?

–¿Sí?

–Esto no funciona.

Entendió lo que Jason quería decir. La conversación había derivado de los electrodomésticos a las tazas rotas, de que él no quería cerveza a los muebles del salón y a la película más taquillera de la semana anterior, pero todo como si a ninguno de los dos les importara lo más mínimo.

–¿No?

–No. Está bien que sintamos lo que estamos sintiendo en este momento, tomes la decisión que tomes dentro de una semana. Y precisamente por eso –dijo, levantándose–, si estás segura de que no quieres que te ayude a retirar las tazas rotas, será mejor que me vaya antes de que…

–¿Antes de qué? –preguntó ella al ver que dudaba a la hora de acabar la frase.

–Antes de que te coma viva.

Ella inspiró de forma rápida al imaginarse la escena. Y entonces, en vez de dejarlo estar, preguntó algo realmente estúpido:

–¿Y por qué querrías hacer algo así?

Jason sonrió. Y la forma en que lo hizo aceleró rápidamente el pulso de Bella en varias partes de su cuerpo. No fue una sonrisa depredadora, sino una que decía: «Si de veras quieres saberlo…».

–La razón por la que te comería viva es que el otro día sólo tuve ocasión de probarte un poco. Pero lo suficiente como para haber perdido el sueño desde entonces. Y he descubierto que me muero por conocer a qué sabes. Así que, si no estás preparada para que eso ocurra, acompáñame hasta la puerta.

Francamente, en ese instante ella no estaba segura de para qué estaba preparada y pensó que ese grado de duda era razón suficiente como para acompañarle hasta la puerta. Tenía muchas cosas que pensar y que solucionar en su cabeza, y tan sólo una semana para hacerlo.

Se levantó y rodeó la mesa. Cuando él le tendió la mano, ella supo que, si se tocaban, se desataría una cadena de sensaciones y acontecimientos para lo que no estaba segura de estar preparada. Trasladó la mirada de su mano a su rostro y vio que él también lo sabía. ¿Se suponía que aquello era un desafío? ¿O sencillamente era una forma de enfrentarla a lo que sería vivir con él bajo el mismo techo?

Podía haber ignorado su mano extendida, pero habría sido de muy mala educación y ella no era una persona maleducada. Jason la estaba observando. Esperando a que ella diera el paso siguiente. Así que lo dio, colocando su mano en la de él. Y en cuanto se tocaron ella lo notó. El calor de su cuerpo se extendió por el de ella y en lugar de resistirlo se sumergió más y más en él.

Antes de que detectara sus intenciones, Jason le soltó la mano y le deslizó los dedos por el brazo arriba y abajo, en una caricia tan suave y sensual que ella tuvo que cerrar la boca con fuerza para no gemir.

La miraba con intensidad, y ella se dio cuenta en ese momento de que la caricia no era lo único que la estaba desarmando. El olor de su cuerpo la impregnaba y atraía de tal forma que se le humedecieron las braguitas.

«Dios mío».

—Puede que me equivoque, Bella —dijo Jason con voz grave y susurrante mientras seguía acariciándole los brazos—. Puede que estés preparada para que te saboree entera, deslice la lengua por tu piel, te deguste en mi boca y me dé un festín de ti con la terrible ansia que necesito saciar. Y puede que también estés preparada para que, mientras su sabor delicioso se interna en mi boca, use la lengua para mantenerte en vilo una y otra vez y te suma en un deseo que tengo intención de satisfacer.

Sus palabras ya la estaban excitando tanto como sus caricias. Le hacían sentir cosas. Desear cosas. Y aumentaban su deseo de explorar. Experimentar. Ejercitar su libertad de esa manera.

—Dime que estás preparada —le urgió en voz baja—. Me excito y me caliento sólo con mirarte. Por favor, dime que estás preparada para mí.

Bella pensó que aquél era el susurro más ronco que había escuchado jamás, y le afectó tanto física como mentalmente. Le empujó a desear lo que fuese que él le ofrecía. Lo que fuese aquello para lo que supuestamente estaba preparada.

Como para otras mujeres, el sexo no era para ella un gran misterio. Al menos desde que, cuando tenía doce años, vio a Carlie, el ama de llaves de sus padres, con el jardinero. Entonces no había entendido el porqué de aquellos gemidos y gruñidos y por qué tenían que estar desnudos. Conforme crecía, la habían protegido de cualquier encuentro con el sexo opuesto y nunca había tenido tiempo de pensar en ello.

Pero hubo un tiempo en que sintió curiosidad y empezó a leer mucho. Sus padres se morirían de vergüenza si supiesen la cantidad de novelas rosas que Carlie le había pasado a escondidas. Allí, en las páginas de esas novelas, es donde empezó a soñar, a fantasear y a desear enamorarse y vivir feliz para el resto de su vida como las mujeres sobre las que leía. Su deseo más ardiente era encontrar un hombre que le liberase sexualmente. Pero no forzaría su suerte y esperaría al amor.

Tragó saliva con fuerza y miró a Jason, sabiendo que esperaba una respuesta. En ese momento supo cuál sería.

—Sí, Jason, estoy preparada.

Él se quedó en silencio durante un buen rato; limitándose a quedarse allí de pie mirándola. Hubo un momento en que Bella se preguntó si la había escuchado. Pero sus ojos ensombrecidos y el sonido de su respiración le indicaron que sí lo había hecho. Y entonces él paseó la vista por su cuello y ella notó que se estaba percatando de la palpitación alterada de su sexo.

Entonces, antes de que pudiese parpadear siquiera, él inclinó la cabeza para besarla. Metió la lengua entre sus labios al tiempo que introducía la mano bajo su vestido. Mientras recorría incansable su boca con la lengua, empezó a acariciarle los muslos y el tacto de sus manos en esa parte de su cuerpo, un lugar que ningún otro hombre había tocado con anterioridad, desató algo en el interior de Bella que le hizo emitir un suspiro entrecortado. En ese momento notó que estaba excitada. Antes de que se diera cuenta, él la había hecho avanzar lentamente hacia atrás hasta que sus nalgas quedasen a la altura de la mesa.

Dejó de besarla el tiempo suficiente para susurrarle:

—Estoy deseando introducir la lengua en tu interior.

Aquellas palabras provocaron todo tipo de sensaciones en su estómago y una punzada entre sus piernas. No sólo estaba excitada, estaba a punto de perder el control. Y la sensación fue en aumento conforme él trasladaba los dedos de sus muslos a sus braguitas.

Cuando volvió a reclamar su boca, ella gimió por la forma en que la besaba, pensando que se le iría la cabeza de tantas sensaciones inundándola al mismo tiempo. Intentó mantenerse en pie mientras él barría su boca con la lengua. Cuando finalmente pensó que volvía a recuperar parte del control, él le demostró que se equivocaba abriéndose paso con los dedos por la cinturilla de sus braguitas y acariciándola hasta hacerle perder el sentido.

–Jason…

Sintió que él la echaba suavemente sobre la mesa al tiempo que le levantaba el vestido hasta la cintura. Estaba tan plagada de sentimientos, envuelta en tal cantidad de sensaciones, que no se daba cuenta de lo que pretendía, pero se hizo una idea cuando él le bajó las braguitas, dejándola abierta y desnuda ante sus ojos. Y cuando la echó aún más hacia atrás y se colocó sus piernas alrededor de los hombros hasta casi envolverse el cuello, lo supo.

Bella respiró agitada al ver la sonrisa que rozó los labios de Jason, una sonrisa que, como la anterior, no era depredatoria y esta vez ni siquiera una de «si de veras quieres saberlo…». Era una sonrisa que decía: «esto te va a gustar» y curvaba las comisuras de sus labios hasta marcar un hoyuelo en su mejilla derecha.

Y antes de que ella pudiese exhalar la respiración, le levantó las caderas y enterró el rostro entre sus piernas. Bella se mordió la lengua para evitar gritar cuando deslizó la lengua caliente entre sus pliegues femeninos.

Se retorció frenéticamente bajo su boca mientras él la enloquecía de pasión utilizando la lengua para conducirla con paciencia a un tipo de clímax que ella sólo había encontrado en los libros. Era del tipo que provocaba sensaciones preorgásmicas. Jason le introdujo aún más la lengua con el fin de, más que probar su humedad, utilizar la punta de la lengua para lamerla con ansia.

Ella echó hacia atrás la cabeza y cerró los ojos mientras él trazaba todo tipo de círculos en su interior, martirizando su carne, marcándola. No tenía intención de aflojar el ritmo y ella fue consciente de que iba a ser así. Sintió que aumentaba la tensión entre sus muslos, justo donde Jason tenía la boca. El placer y el calor empezaron a hacerse sentir.

De pronto, su cuerpo convulsionó alrededor de la boca de Jason y lanzó un gemido desde lo más profundo de la garganta mientras sacudidas de placer sexual se apoderaban de su cuerpo. Y gimió después de que esas sacudidas la hicieran temblar de forma descontrolada. Experimentaba algo insoportablemente erótico, era un placer tan grande que pensó que le haría perder el conocimiento.

Pero no fue así, porque él siguió empujando con la lengua en su interior, obligándola a dar aún más. Y entonces alcanzó el clímax. Incapaz de seguir soportándolo, tensó las piernas alrededor del cuello de Jason y gritó en éxtasis mientras turbulentas oleadas se apoderaban de ella.

Sólo cuando el último espasmo hubo abandonado su cuerpo Jason retiró la boca, le bajó las piernas, se inclinó y la besó para que probara de sus labios su esencia.

Ella le succionó la lengua con fuerza, como si fuese una cuerda de salvamento, con la certeza de que él debía de ser el hombre más sensual y apasionado sobre la tierra. Le había hecho sentir cosas que nunca había sentido antes, mucho más de lo que había imaginado de cualquier novela romántica. Y supo que aquello no era más que el comienzo, una introducción a lo que podía venir después...

Mientras sus lenguas se enredaban frenéticamente, supo que después de aquella noche no podrían vivir juntos sin que ella deseara descubrir qué había más allá de aquello. ¿Hasta qué punto podía proporcionarle placer?

Definitivamente Bella iba a tener que pensarse seriamente la proposición.

Jason volvió a bajarle el vestido a Bella y luego la levantó de la mesa hasta que quedó de pie. Contempló su rostro y le gustó lo que vio. Sus ojos brillaban, tenía los labios hinchados y parecía recién salida de un sueño reparador.

Pero más que nada, pensó que era la mujer más bella que había visto jamás. Deseó haberle dado algo en lo que pensar, algo que anticipar, porque, por encima de todo, quería casarse con ella.

Pretendía casarse con ella.

—Vamos, acompáñame hasta la puerta —susurró—. Te prometo que esta vez me marcharé.

La tomó de la mano e ignoró las sensaciones que le producía tocarla.

—Ven a desayunar conmigo mañana.

Ella alzó la vista para mirarle.

—No piensas ponerme fácil la decisión, ¿verdad?

Una risilla escapó de los labios de Jason.

—No hay nada de malo en darte algo sobre lo que pensar. Algo que recordar. Y esperar. Sólo te ayudará a tomar la decisión adecuada sobre mi proposición.

Al llegar a la puerta, se inclinó y volvió a besarla. Ella abrió la boca para él, que la besó con mayor intensidad, buscando su lengua y jugando al escondite con ella para después liberarla con un gemido profundo, gutural.

—¿Qué tal un desayuno en mi casa mañana por la mañana?

—Pero eso será todo, ¿no? ¿Desayuno y nada más? —preguntó ella en apenas un susurro.

Él le sonrió maliciosamente.

—Ya veremos.

—En ese caso, paso. Un poco de ti es demasiado, Jason Westmoreland.

Él se echó a reír al tiempo que la abrazaba con más fuerza.

—Cariño, si me dejas, uno de estos días te lo daré todo —supuso que ella sabía lo que quería decir, ya que clavaba en su vientre una erección palpitante. Puede que ella tuviese razón y que desayunar juntos al día siguiente no fuese una buena idea. Se abalanzaría sobre ella antes incluso de que entrase en la casa.

—¿En otro momento, quizá? —la animó.

—Puede.

Él alzó una ceja.

—¿No estarás intentando hacerte la dura conmigo?

Ella sonrió.

–¿Y me preguntas eso después de lo que acaba de ocurrir en la cocina? Pero te advierto que mi intención es construir cierto tipo de inmunidad a tus encantos para la próxima vez que te vea. Puedes llegar a resultar abrumador, Jason.

Él volvió a reír, pensando que todavía no había visto nada. Volvió a agacharse para besarla en los labios.

–Piensa en mí esta noche, Bella.

Abrió la puerta y salió, pensando que los siete días siguientes iban a ser los más largos de su vida.

Esa noche Bella no consiguió dormir. Todo el cuerpo le hormigueaba debido a las caricias de un hombre, pero de no cualquier hombre: a las caricias de Jason. Cuando intentaba cerrar los ojos sólo podía ver lo sucedido en la cocina, el modo en que Jason la había tendido sobre la mesa y disfrutado de ella de forma tan escandalosa. A las monjas de su colegio les hubiese dado un ataque al corazón si supieran lo que le había sucedido... y lo mucho que había disfrutado. ¿Cómo podía estar tan mal algo que te hacía sentir tan bien?

El rubor coloreó sus mejillas. Necesitaba confesarse a la primera oportunidad. Esa noche había caído en la tentación y por mucho que hubiese disfrutado era algo que no podía repetirse. Ese tipo de actividades eran propias de personas casadas, y lo contrario era algo indecoroso. Iba a tener que asegurarse de que ella y Jason no coincidieran bajo el mismo techo durante una buena temporada. La situación se les podía ir de las manos. Cuando esta-

71

ba con él, ella se convertía en un pelele. Podía tentarla a hacer cosas que sabía que no debía hacer.

Y el precio que estaba pagando por su pequeña indulgencia era el de perder el sueño. Para ella no cabía duda: la boca de Jason debería estar proscrita. Suspiró internamente. Le iba a llevar mucho tiempo borrar aquellos pensamientos de su cabeza.

Capítulo Cinco

–Bella me gusta, Jason.

Éste miró a su primo Zane. Era lunes por la mañana temprano y ambos estaban en el cercado con una de las yeguas, esperando a que Derringer llegara con el semental escogido para montarla.

–A mí también me gusta.

Zane rió entre dientes.

–Pues casi te quedas conmigo, porque no le hiciste mucho caso durante la cena del viernes. Nos esforzamos en hacer que se sintiera cómoda porque estabas ignorando a la pobre muchacha.

Jason puso los ojos en blanco.

–Y apuesto que para vosotros fue un fastidio.

–Pues no. Tu belleza sureña es una dama con mucha clase. De no ser porque te interesa, intentaría conquistarla.

–Pero me interesa.

–Lo sé –dijo Zane con una sonrisa–. Era algo obvio. Tus miradas asesinas fueron más que evidentes. En cualquier caso, espero que las cosas se arreglen entre vosotros.

–Yo también lo espero. En cinco días lo sabré.

Zane lo miró con curiosidad.

–¿Cinco días? ¿Qué se supone que va a suceder dentro de cinco días?

–Es una larga historia que prefiero no compartir en este momento –llevaba dos días sin ponerse en contacto con Bella para darle espacio y tiempo de pensar en su proposición. Él había estado reflexionando y todo le parecía razonable. Estaba empezando a anticipar su respuesta. Iba a ser un «sí», tenía que serlo.

Pero ¿y si decía que no? ¿Y si incluso después de lo ocurrido la otra noche ella pensaba que su proposición no merecía la pena un intento? Sería el primero en admitir que era una propuesta atrevida. Pero creía que los términos eran justos. Dios, le había ofrecido la oportunidad de ser la primera en pedir el divorcio pasado un año. Y él…

Zane chasqueó los dedos delante de su cara.

–Holaaaaa. ¿Andas por aquí? Derringer ha llegado con Fireball. ¿Estás listo o estás pensando en otro tipo de apareamientos?

Jason frunció el ceño al levantar la vista hacia Derringer y ver que éste también esbozaba una sonrisita.

–Sí, estoy en lo que estoy y no es asunto vuestro lo que esté pensando.

–Bien, pues sujeta a Prancer mientras Fireball la monta. Hace mucho que no está con una hembra y puede que se muestre fogoso de más –dijo Zane con una sonrisa elocuente.

«Igual que yo», pensó Jason, recordando con todo detalle a Bella sobre la mesa para su disfrute.

–Muy bien, vamos a poner esto en marcha, que tengo cosas que hacer.

Tanto Zane como Derringer le miraron intrigados, pero no dijeron nada.

Bella salió de la ducha y empezó a secarse con la toalla. Era ya mediodía, pero acababa de llegar de dar un paseo por el rancho y había llegado acalorada y sudorosa. Su intención era la de dejarse caer en un lugar cómodo, tomarse una taza de té, relajarse… y pensar en la proposición de Jason.

El paseo le había sentado bien y recorrer la finca le había convencido aún más de su deseo de conservar lo que era suyo. Pero ¿sería la solución la propuesta de Jason? Después del viernes por la noche y lo ocurrido en la cocina, no dudaba que Jason era el tipo de amante con el que sueña una mujer. Y debía de ser la persona menos egoísta que conocía.

Le había dado placer sin buscar el suyo propio. Ella había leído suficientes artículos sobre el tema como para saber que los hombres no solían ser tan generosos. Pero Jason lo había sido y el cuerpo de Bella había cambiado desde entonces. Cada vez que pensaba en él y en aquella noche en la cocina, tenía que detenerse para recuperar el aliento.

No había sabido nada de él desde esa noche, pero se imaginaba que le estaba dando tiempo para pensárselo bien antes de darle una respuesta. Había vuelto a hablar con su abogado y él no le había dicho nada que le indujese a pensar que tenía posibilidades de levantar el bloqueo impuesto a su fondo fiduciario.

Se había topado con su tío el día anterior en la

ciudad y no se había mostrado amable con ella en absoluto. Y tampoco su hijo, su hija y sus dos nietos adolescentes. Todos le habían dedicado miradas cortantes, y ella no entendía el porqué. Jason también quería la finca y sin embargo había apoyado su decisión de conservarla, ofreciéndole su ayuda desde el principio.

Sabía que ella y sus parientes de Denver no mantenían el mismo vínculo que los Westmoreland, pero nunca pensó que la rechazarían del modo en que lo estaban haciendo por un pedazo de tierra.

Una vez vestida, bajaba las escaleras cuando una especie de misil atravesó la ventana del salón rompiendo el cristal en el trayecto. «¿Qué demonios es esto?». Casi perdió pie al subir corriendo las escaleras hacia su dormitorio para encerrarse.

Respirando con dificultad, agarró el teléfono y llamó a la policía.

–¿Dónde está, Marvin? –preguntó Jason, entrando en la casa de Bella seguido de Zane y Derringer.

–En la cocina –respondió el hombre, apartándose rápidamente para dejarle paso.

Jason había recibido una llamada de Pam para contarle lo ocurrido. Había saltado a la camioneta y salido inmediatamente del rancho seguido de Derringer y Zane.

Según Pam le había contado, alguien había lanzado una piedra a la ventana de Bella con una nota que decía: *Vuelve por donde viniste.* La idea de que alguien hiciera tal cosa le indignaba. ¿Quién demonios haría algo así?

Entró en la cocina y miró a su alrededor, desechando los recuerdos de la última vez que estuvo allí para centrar inmediatamente toda su atención en Bella. Estaba sentada en la mesa de la cocina hablando con Pete Higgins, que era uno de los ayudantes del sheriff y amigo de Derringer.

Todos alzaron la vista en cuanto entró, y la expresión del rostro de Bella fue para él como si le patearan el estómago. La encontró muy impresionada y a sus ojos asomaba un dolor que él no había visto nunca antes. Ardió de ira al pensar que alguien podía haberle hecho daño. La piedra no le había llegado a golpear, pero era como si le hubiese alcanzado. Quien fuese el que había lanzado la piedra por la ventana había logrado afectarle al ánimo y dejarla conmocionada.

—Jason, Zane y Derringer —dijo Pete al verlos—. ¿Por qué no me sorprende encontrarme aquí con los tres?

Jason no respondió, fue directamente hacia donde estaba Bella e, ignorando a los allí presentes, le acarició el cuello.

—¿Estás bien? —le susurró.

Ella le miró a los ojos y asintió lentamente.

—Sí, estoy bien. Bajaba por las escaleras cuando la piedra entró volando por la ventana. Más que nada ha sido el susto.

Miró la piedra que alguien había colocado sobre la mesa. Era grande, lo suficientemente grande como para herirla de haber estado en el salón cerca de la ventana. La idea de que alguien pudiese rozar un solo pelo de su cabeza lo puso furioso. Miró a Pete.

–¿Tienes idea de quién ha podido ser?

Pete negó con la cabeza.

–No, pero están buscando huellas en la piedra y en la nota. Espero que pronto sepamos algo. Le estaba preguntando a la señorita Bostwick si conocía a alguien que quisiera echarla de su propiedad. Las únicas personas que se le venían a la cabeza eran sus padres y posiblemente Kenneth Bostwick.

–No creo que mis padres estén detrás de esto –dijo Bella en voz baja–. Y tampoco quiero pensar que el tío Kenneth sea capaz de hacer algo así. Sin embargo, quiere que me vaya de la finca porque sabe de alguien que quiere adquirirla.

Pete asintió.

–¿Y qué me dice de Jason? Creo que todos sabemos que quiere la finca y también a Hercules –dijo el ayudante como si Jason no estuviese allí escuchando todo lo que decía.

–No, él quiere que me quede –dijo suspirando.

Pete cerró su libreta de notas, decidido a no preguntarle por qué estaba tan segura.

–Bueno, con suerte tendremos algo en una semana si logran identificar las huellas –dijo.

–¿Y qué se supone que debe hacer entre tanto, Pete? –preguntó Jason con frustración.

–Informar de cualquier cosa que le resulte sospechosa. Le pediré al sheriff que refuerce la seguridad en la zona.

–Gracias, ayudante Higgins –dijo Bella en voz baja–. Se lo agradezco enormemente. Marvin va a arreglar el cristal de la ventana y yo dejaré las luces del jardín encendidas toda la noche.

–No hace falta –dijo Jason–. Esta noche te quedas en mi casa.

Bella inclinó la cabeza hacia un lado y se encontró con la mirada intensa de Jason.

–No puedo hacerlo. No podemos estar bajo el mismo techo.

Jason se cruzó de brazos.

–¿Y por qué no?

Bella se ruborizó al darse cuenta de que Jason no era la única persona que esperaba su respuesta.

–Lo sabes muy bien –dijo finalmente.

Jason arrugó la frente. Luego, cuando recordó lo que podría suceder si pasaban la noche bajo el mismo techo, sonrió.

–Ah, eso.

–¿Ah, eso qué? –quiso saber Zane.

Jason lo miró enfurruñado.

–No es asunto tuyo.

Pete se aclaró la garganta.

–Tengo que irme, pero como le he dicho, señorita Bostwick, el departamento enviará más policías para que vigilen la zona –metió la piedra y la nota en una bolsa de plástico.

Zane y Derringer siguieron a Pete hacia la salida, cosa que Jason agradeció porque le permitió estar un rato a solas con Bella. Lo primero que hizo fue besarla. Necesitaba saborearla para comprobar si de verdad estaba bien.

–¿Por qué no me llamaste? ¿Por qué he tenido que enterarme por otra persona?

Ella le devolvió la mirada y también frunció el ceño.

–No me has dado tu número de teléfono.

Jason parpadeó sorprendido y se dio cuenta de que lo que decía era cierto. No le había dado su número de teléfono.

–Perdona el descuido –dijo–. De ahora en adelante lo tendrás. Y tenemos que discutir eso de que te mudes a mi casa por un tiempo.

Ella negó con la cabeza.

–No puedo irme contigo, Jason. Como te he dicho antes, ambos sabemos por qué.

–¿De verdad piensas que, si me dijeras que no te tocase, yo no apartaría mis manos de ti? –preguntó.

Ella se encogió de hombros.

–Sí, creo que harías lo que te pidiese, pero no estoy segura si, en esa situación y dado lo que pasó en esta cocina el viernes por la noche, yo sería capaz de apartar las mías de ti.

Él pestañeó. Bajó la vista hacia ella y volvió a pestañear. Esta vez, con una sonrisa en los labios.

–¡No me digas!

–Te lo digo, y que sé que es terrible admitirlo, pero en este momento no puedo prometerte nada –dijo, frotándose las manos como si la idea le incomodase.

Pero él no se sentía incómodo, en absoluto. De hecho, estaba eufórico. Durante un minuto fue incapaz de decir nada, pero luego reaccionó.

–¿Y crees que para mí es un problema que no puedas mantener las manos apartadas de mí?

Ella asintió.

–Si no lo tienes, deberías. No estamos casados. Ni siquiera prometidos.

–El viernes por la noche te pedí que te casaras conmigo.

Ella desechó el recordatorio con un gesto de la mano.

–Sí, pero sería un matrimonio de conveniencia al que no he accedido aún dado que el tema de cómo vamos a dormir sigue todavía en el aire. Hasta que me decida creo que será mejor que te quedes bajo tu propio techo y yo bajo el mío. Sí, es lo más adecuado.

Él alzó una ceja.

–¿Lo más adecuado?

–Sí, adecuado, apropiado, correcto, conveniente, ¿qué palabra prefieres que utilice?

–¿Qué tal ninguna de ellas?

–No importa, Jason. Bastante malo es ya que nos dejáramos llevar la otra noche en esta cocina. Pero no podemos repetirlo.

Él no entendía por qué no podían hacerlo y estaba a punto de decirlo cuando oyó unos pasos que se acercaban y vio que Derringer y Zane entraban en la cocina.

–Pete cree que ha encontrado una huella fuera, cerca de los arbustos, y la está comprobando –les contó Derringer.

Jason asintió. Luego se volvió hacia Bella y se dirigió a ella en un tono que no admitía discusión.

–Prepara ropa para una noche, Bella. Te vas a quedar en mi casa aunque tenga que dormir en el granero.

Capítulo Seis

Bella fulminó a Jason con la mirada. Era una mirada propia de una dama, pero fulminante al fin y al cabo. Abrió la boca para decir algo y luego recordó que allí había más personas y la cerró de inmediato. Dedicó una amable sonrisa a Zane y a Derringer.

—Si sois tan amables, me gustaría quedarme a solas con Jason unos minutos para discutir un asunto privado.

Ellos le devolvieron la sonrisa, asintieron y le dedicaron a Jason otra del tipo «ya la has liado» antes de salir de la cocina.

Fue entonces cuando ella volvió a centrar su atención en Jason.

—Venga, Jason, no seamos ridículos. No vas a dormir en el granero para que yo pueda pasar la noche en tu casa. Me voy a quedar aquí.

Bella notó que a él no le gustaba que no obedeciese su orden, porque su enfado con ella fue en aumento.

—¿Has olvidado que alguien ha lanzado una piedra a tu ventana con una nota en que se te pide que abandones la ciudad?

Ella se mordisqueó el labio inferior.

—No, no he olvidado ni la piedra ni la nota, pero

no puedo dejarles creer que han ganado la partida huyendo de aquí. Admito que al principio estaba un poco asustada, pero ya estoy bien. Y no olvides que Marvin duerme en el barracón, así que técnicamente no voy a estar sola. Agradezco tu preocupación, pero estaré bien.

Jason la miró durante un rato sin decir nada.

–Vale. Tú te quedas aquí y yo dormiré en tu granero –dijo finalmente.

Ella se cruzó de brazos y negó con la cabeza.

–No vas a dormir en el granero de nadie. Vas a dormir en tu cama y yo tengo intención de dormir en la mía.

–Vale –cortó él, como si aceptase sus sugerencias cuando en realidad no tenía ninguna intención de hacerlo.

Pero si ella quería creerlo así, la dejaría hacerlo.

–Tengo que llevarte con Pam para que ella y los demás vean que estás bien.

Bella sonrió.

–¿Estaban preocupados por mí?

Parecía sorprendida.

–Sí, todos estaban preocupados.

–En ese caso, deja que recoja mi bolso.

–Te espero fuera –le dijo mientras Bella salía corriendo. Sacudió la cabeza, abandonó lentamente la cocina y atravesó el comedor hasta llegar al salón. Allí, Marvin y otros dos hombres estaban arreglando la ventana. Habían recogido los cristales rotos, pero había una rayadura en el suelo de madera justo donde la piedra había aterrizado al entrar en la casa.

Inspiró con fuerza al imaginar aquella piedra impactando en Bella. Si llega a pasarle algo, él…

En ese momento no estaba seguro de lo que hubiera hecho. La idea de que le ocurriera algo le aterrorizaba de una manera totalmente nueva para él. ¿Por qué? ¿Por qué sus sentimientos hacia ella eran tan intensos? ¿Por qué se mostraba tan posesivo cuando se trataba de ella?

Hizo caso omiso a las respuestas que se le pasaban por la cabeza, reacio a reflexionar sobre ellas. Salió de la casa por la puerta principal y allí le esperaban Zane y Derringer.

–¿No irás a permitir que se quede aquí sin protección? –preguntó Derringer, examinando su rostro.

Jason negó con la cabeza.

–No.

–¿Y por qué no podéis estar bajo un mismo techo? –preguntó Zane con curiosidad.

–No es asunto tuyo.

Zane rió entre dientes.

–Si no me respondes daré ciertas cosas por hecho.

La afirmación no afectó a Jason.

–Piensa lo que quieras –entonces miró su reloj–. Odio haceros esto, pero pasaré fuera el resto del día. Tengo que cuidar de Bella hasta que Pete averigüe quién arrojó esa piedra a la ventana.

–¿Crees que Kenneth Bostwick tiene algo que ver en este asunto? –preguntó Derringer.

–No estoy seguro, pero espero por su bien que sea que no –dijo Jason controlando su ira.

Se detuvo en cuanto Bella apareció en el porche. No sólo había recogido el bolso, sino que además se había cambiado de vestido. Al ver que la miraba con curiosidad, Bella dijo:

—El vestido que llevaba no era apropiado para ir de visita.

Él asintió y decidió que no le diría que estaba tan guapa con éste como con aquél. Sabía llevar con estilo y elegancia todo lo que se pusiera. Avanzó hasta la mitad del porche y la tomó de la mano.

—Estás muy guapa. Y he pensado que podríamos ir a cenar luego, antes de traerte de vuelta a tu casa.

A ella le brillaron los ojos de tal modo que a Jason se le encogió el estómago.

—Me encantaría, Jason.

Eran cerca de las diez de la noche cuando Bella regresó a casa. Jason inspeccionó el interior, encendiendo las luces conforme comprobaba habitación tras habitación. A ella le hizo sentirse aún más segura ver que había un coche de policía aparcado a la salida de la finca.

—Parece que todo está en orden –dijo Jason interrumpiendo sus pensamientos.

—Gracias. Te acompaño a la puerta –dijo ella rápidamente, dirigiéndose hacia las escaleras.

—¿Tienes prisa por echarme, Bella?

En ese momento a ella no le importaba lo que él pensara. Sólo necesitaba que se marchase para aclarar sus pensamientos, ya que las ocho horas que había pasado con él habían hecho mella tanto en su cuerpo como en su mente.

Cada vez que él la había tocado, incluso al hacer algo tan sencillo como colocarle la mano en la espalda para entrar en el cine, le había afectado de tal modo que había pasado el resto de la noche excitada y preocupada.

–No, no quiero apremiarte, pero es que es tarde –le dijo–. Si te proponías agotarme esta noche, te aseguro que lo has conseguido. Quiero darme una ducha y meterme en la cama.

Estaban uno frente al otro, y él la rodeó con sus brazos y la apretó contra su cuerpo. Ella pudo sentirlo desde el pecho hasta las rodillas, pero sobre todo sintió la erección que se alzaba a medio camino.

–Me encantaría ducharme contigo, mi vida –susurró él.

Ella no sabía qué era lo que pretendía, pero llevaba toda la noche susurrándole insinuaciones y cada una de ellas no habían hecho más que sumarse a su tormento.

–No estaría bien, y lo sabes.

Él rió entre dientes.

–Tampoco está bien que intentes enviarme a mi casa a dormir en una cama vacía. ¿Por qué no aceptas mi proposición? Podríamos casarnos de inmediato. Sin esperar más. Y entonces –dijo, inclinándose para mordisquearle los labios– podríamos dormir bajo el mismo techo. Piénsalo.

Bella gimió ante aquella invasión de su boca. Lo estaba pensando e imaginándoselo. Oh, ¡menuda noche sería! Pero debía pensar además qué pasaría si él se cansaba de ella como su padre acabó cansándose de su madre. Y en la forma en que su madre se cansó de su padre. ¿Y si él deseaba una relación abierta? ¿Y si le decía después del primer año que quería el divorcio y ella estaba enamorada de él?

—¿Estás segura de que no quieres que me quede esta noche? Podría dormir en el sofá.

Ella negó con la cabeza. Incluso así estaría demasiado cerca como para que estuviese tranquila.

—No, Jason, estaré bien. Vete a casa.

—No sin hacer esto antes —dijo, atrapándole la boca con la suya. Ella no tuvo ningún reparo en ofrecerle lo que quería y él tampoco tuvo reparos a la hora de tomarlo. La besó apasionadamente, a conciencia y sin reservas en cuanto a hacerla sentirse querida, necesitada y deseada. Ella sintió el calor que irradiaba el cuerpo de Jason y aquello no le provocó rechazo, sino que encendió en ella una pasión tan acentuada que tuvo que luchar por mantener la cabeza fría y no arriesgarse a que aquel beso les llevara a un lugar al que no estaba preparada para ir.

Un rato después fue ella la que interrumpió el beso. Inspiró profundamente, desesperada por recuperar el aliento. Jason se limitó a quedarse allí mirándola y esperando, como si estuviese dispuesto para un segundo asalto.

Bella supo que le estaba decepcionando cuando dio un paso atrás.

—Buenas noches, Jason.

Él curvó los labios en una atractiva sonrisa.

—Dime un solo beneficio de los que obtendrás una vez haya salido por esa puerta.

No estaba segura de qué decir y en esos casos le habían enseñado que lo mejor era no decir nada en absoluto. En lugar de eso, repitió mientras giraba el pomo de la puerta para abrirla:

–Buenas noches, Jason.

Él se inclinó, la besó suavemente en los labios y susurró:

–Buenas noches, Bella.

Bella no sabía qué era lo que la había despertado a mitad de la noche. Miró el reloj y comprobó que eran las dos de la mañana. Estaba inquieta, acalorada. Y definitivamente seguía alterada. No sabía que el simple hecho de pasar el tiempo con un hombre podía poner a una mujer en semejante estado de excitación.

Salió de la cama y se puso la bata y las zapatillas. La luna llena brillaba en el cielo y su luz se internaba en la habitación. Se asomó a la ventana y vio la forma de las montañas iluminadas por la luna. Por la noche resultaban tan imponentes como a la luz del día.

Estaba a punto de apartarse de la ventana cuando bajó la vista casualmente y vio una camioneta aparcada en el jardín de entrada. Frunció el ceño y acercó aún más el rostro al cristal para intentar adivinar de quién era el vehículo, extrañándose al ver que se trataba del de Jason.

¿Qué hacía su camioneta en el jardín a las dos de la mañana? ¿Estaría él dentro?

Bajó rápidamente las escaleras. No podía estar

en la camioneta frente a su casa a las dos de la mañana. ¿Qué pensaría Marvin? ¿Y qué pensarían los policías que recorrían la zona? ¿Y su familia?

Cuando llegó al salón, abrió lentamente la puerta y salió sigilosamente. Luego exhaló un suspiro de indignación al ver que Jason estaba sentado en la camioneta. Había reclinado el asiento, pero debía de estar muy incómodo.

En cuanto ella se acercó a la camioneta y dio unos golpecitos en el cristal, Jason se despertó como si estuviese durmiendo con un ojo abierto y otro cerrado. Lentamente, se echó el sombrero hacia atrás para descubrirse los ojos.

—¿Sí, Bella?

—¿Qué haces aquí? ¿Por qué has vuelto?

—No me he ido.

Ella parpadeó, desconcertada.

—¿Qué no te has ido? ¿Quieres decir que has estado en el coche desde que te acompañé a la puerta?

Él esbozó su encantadora sonrisa.

—Sí, llevo aquí desde que me acompañaste a la puerta.

—¿Pero, por qué?

—Para protegerte.

Aquella simple afirmación la desinfló por un instante. Pero sólo por un instante.

—No puedes quedarte aquí, Jason. No está bien. ¿Qué pensaría tu familia si viesen tu coche aparcado frente a mi puerta a estas horas? ¿Qué pensarían los policías? ¿Qué…?

—Sinceramente, Bella, me importa un pimiento

lo que piensen los demás. Me niego a dejarte en tu casa si no estoy cerca para asegurarme de que estás bien. No has querido que duerma en el granero y aquí es donde estoy y no me pienso mover.

Ella frunció el ceño.

—Eres imposible.

—No, me estoy comportando como un hombre que cuida de la mujer que quiere. Ahora vuelve y cierra la puerta con llave. Has interrumpido mi sueño.

Ella lo miró fijamente durante un buen rato y luego dijo:

—Vale, tú ganas. Entra en la casa.

Él le devolvió la mirada.

—No se trata de eso, Bella. Asumo tanto como tú que no debemos estar solos bajo el mismo techo. No me importa pasar la noche aquí fuera.

—Pues a mí sí me importa.

—Pues lo siento, pero no puedes hacer nada al respecto.

Ella lo miró y se percató de que se proponía comportarse como un terco, así que alzó las manos, se metió en la casa y luego cerró la puerta con llave.

Jason oyó el sonido de la cerradura y pudo jurar que también la oía a ella bufando escaleras arriba. Podía bufar todo lo que quisiera, pero él no se iría. Llevaba cuatro horas allí sentado pensando, y cuanto más lo meditaba, más consciente era de algo de vital importancia para él. Y era algo que no podía negar ni ignorar: se había enamorado de Bella. Y la aceptación de esos sentimientos otorgaba mucho más sentido a la proposición que le había hecho.

***

Una hora más tarde, Bella estaba tumbada en la cama mirando al techo, todavía indignada. ¿Cómo se atrevía Jason a ponerle en aquella situación tan comprometida? Nadie pensaría que él estaba durmiendo dentro del vehículo. Todos asumirían que eran amantes y que estaba durmiendo en su cama, yaciendo con ella entre sábanas de seda con los brazos y las piernas entrelazados y las bocas fundidas mientras hacían el amor de forma ardiente y apasionada.

Empezaron a temblarle los muslos y a dolerle el nexo entre las piernas ante la idea de cómo sería compartir cama con él. Primero la acariciaría hasta dejarla sin sentido en su zona más íntima y se tomaría su tiempo para prepararla para la siguiente fase de lo que le iba a hacer.

Se tumbó de lado y apretó los muslos a la espera de que remitiese el dolor. Nunca había deseado antes a ningún hombre y deseaba a Jason con todas sus fuerzas, y más aún desde que él la disfrutara en aquella casa. Sólo tenía que cerrar los ojos para recordarse tumbada en la cocina con la cabeza de Jason entre las piernas y cómo la había lamido hasta hacerle perder la consciencia. El recuerdo provocaba en su cuerpo sacudidas de electricidad que hicieron que sus pezones se irguieran contra el camisón.

Y el hombre que le causaba tanto tormento y placer estaba allí abajo durmiendo en una camioneta para protegerla. No podía evitar que su actitud le conmoviese. Había renunciado a una cama confortable y dormía en una postura incómoda con el sombrero sobre los ojos para protegerse de las luces del jardín. ¿Por qué? ¿Es que protegerla era algo tan importante para él?

¿Y de ser así, cuál era la razón?

En el fondo, ella sabía el porqué: se debía a su deseo de conseguir la finca y a Hercules. Lo había dejado claro desde el principio. Y lo había respetado por ello y por aceptar que la decisión debía tomarla ella. Así que, en otras palabras, no la estaba protegiendo a ella de por sí, sino a sus intereses, o lo que esperaba fuesen sus intereses. Y aquello tenía sentido, pero…

¿Estaría ella protegiendo sus intereses si aceptaba la proposición que Jason había puesto sobre la mesa? ¿Tenía otras opciones para levantar el bloqueo a su fondo fiduciario? ¿Quería realmente unirse legalmente a Jason durante un periodo mínimo de un año? ¿Realmente lo mejor para ella era dormir bajo el mismo techo que Jason y compartir el lecho con él? ¿Era lo que deseaba hacer, aun sabiendo que al cabo de un año él se podría marchar sin mirar atrás, sabiendo que pasado ese tiempo él sería libre de casarse con otra o libre de hacer el amor a otra persona del mismo modo en que se lo habría hecho a ella?

Y luego estaba la cuestión de quién había arrojado la piedra. ¿Por qué intentaban asustarla? Aunque lo dudaba, se preguntaba si serían sus padres en un intento por hacerla regresar a casa.

Bostezó al sentir que el sueño la vencía. Aunque

lamentaba que Jason estuviese durmiendo en la camioneta, sabía que podía dormir mucho más tranquila sabiendo que era él quien la estaba protegiendo.

Bella despertó al oír que alguien llamaba a la puerta y descubrió que ya era de día. Salió rápidamente de la cama y se puso la bata y las zapatillas.

–¡Ya voy! –gritó mientras corría hacia la puerta. Se asomó por la mirilla y vio que era Jason. El corazón empezó a latirle con fuerza al verle tan guapo y sin afeitar, con el sombrero calado hasta las cejas. ¡Dios mío!

Respiró hondo y abrió la puerta.

–Buenos días, Jason.

–Buenos días, Bella. Quería que supieras que me voy a casa a asearme, pero Riley se quedará aquí.

–¿Tu hermano Riley? –preguntó ella, y lo vio por encima del hombro de Jason sentado en otra camioneta aparcada junto a la de éste. Riley la saludó con la mano y ella le devolvió el saludo. Lo recordaba de la noche de la cena. Jason era dos años y medio mayor que él.

–Sí, mi hermano Riley.

Bella estaba desconcertada.

–¿Por qué ha venido?

–Porque voy a asearme –levantó la cabeza y le sonrió–. ¿Estás despierta?

–Sí, estoy despierta y sé que has dicho que vas a casa a cambiarte, pero ¿por qué tiene que quedarse Riley? No necesito un guardaespaldas ni nada por el estilo. Sólo han arrojado una piedra a mi ventana, Jason, no se trataba de un misil.

Él se limitó a apoyarse en el umbral conservando la sonrisa. Y entonces dijo:

–¿Te han dicho alguna vez lo bonita que estás por la mañana?

Ella se quedó inmóvil y lo miró fijamente. Le había pillado desprevenida su cambio de conversación, y más aún que le dijese algo tan agradable sobre su aspecto. Podía devolverle el favor y preguntarle si alguna vez le habían dicho lo guapo que estaba por la mañana, pero estaba segura de que muchas mujeres lo habían hecho ya.

Así que le respondió con sinceridad.

–Nunca me lo habían dicho.

Se preguntó qué pensaría al saber que había pasado la noche anterior recordándole. Seguramente había suspirado en sueños mientras evocaba la boca de él sobre su cuerpo.

–¿Es que Riley no tiene que trabajar hoy? –preguntó al recordar que él le había dicho que trabajaba en Blue Ridge Management.

–Sí, pero irá en cuanto yo vuelva.

Ella se cruzó de brazos.

–¿Y tú qué? ¿No tienes que ocuparte de tus caballos?

–Tu seguridad es más importante.

–Sí, claro.

Él alzó una ceja.

–¿Es que no me crees? ¿Después de haber pasado la noche entera en la camioneta?

–Estabas protegiendo tus intereses.

–Y éstos se centran en tu persona, mi amor.

«No entres al trapo». Bella pensó que era hora de acabar la conversación. Si seguía hablando más tiempo con él, acabaría convenciéndola de que decía la verdad.

–¿Me darás una respuesta dentro de cuatro días?

–Eso pretendo.

–Bien. Cuando vuelva ya estarás vestida y podremos desayunar con Dillon y Pam. Luego quisiera enseñarte cómo me gano la vida.

Antes de que ella pudiese responder, se inclinó y la besó en los labios.

–Te veré en una hora. Vístete para montar.

Ella inspiró con fuerza y lo vio atravesar el porche, meterse en la camioneta y partir. Aquel hombre era todo un personaje. Miró de reojo hacia donde Riley estaba sentado en su camioneta con una taza de café. Sin duda, Riley había visto cómo la besaba su hermano, así que se imaginó lo que estaría pensando.

Decidió que lo mínimo que podía hacer era invitarle, así que lo llamó.

–Puedes entrar en la casa, eres bienvenido, Riley –le dijo con una amplia sonrisa.

Él le sonrió de igual modo y se asomó levemente por la ventanilla del vehículo para decirle:

–Gracias, pero Jason me ha dicho que no entre. Estoy bien.

«¿Que Jason le ha dicho que no entre?». Sin duda se trataba de una broma, aunque parecía hablar muy en serio.

En lugar de preguntarle, asintió, cerró la puerta y subió por las escaleras. Al entrar en su dormitorio no pudo ignorar lo emocionada que estaba ante la idea de montar a caballo con Jason y conocer su trabajo.

Jason acababa de recoger el sombrero y estaba a punto de salir por la puerta cuando le sonó el teléfono móvil. Se lo sacó del cinturón y vio que era Dillon.

–Dime, Dil.

–Pam quería que te llamara para saber si Bella y tú vais a venir a desayunar.

Jason sonrió.

–Sí. De hecho estaba a punto de ensillar a una de las yeguas. He pensado que vamos a ir a caballo, así disfrutaremos de las vistas por el camino.

–Muy buena idea. ¿Todo bien por su casa?

–Sí, por el momento, sí. El sheriff ha aumentado las rondas alrededor de la zona, dale las gracias la próxima vez que juguéis juntos al billar.

Dillon rió entre dientes.

–Lo haré. No nos hagas esperar. No empezaremos a desayunar hasta que lleguéis –dijo Dillon.

–Llegaremos con tiempo, lo prometo –dijo él antes de colgar el teléfono.

Bella contempló su indumentaria para montar y sonrió. Quería estar lista cuando Jason regresara.

Descolgó el sombrero del perchero, se lo puso y abrió la puerta para salir al porche. Riley había salido de la camioneta y estaba reclinado sobre ella. La miró y sonrió.

–Veo que ya estás lista para ir a montar –dijo.

–Sí, Jason me dijo que estuviera lista. Vamos a desayunar con Dillon y Pam.

–Sí, yo pensaba desayunar con ellos también, pero tengo una reunión en la oficina.

Bella asintió.

–¿Y qué es lo que haces exactamente en Blue Ridge?

–Pues… un poco de todo. Me gusta considerarme la mano derecha de Dillon. Pero me dedico sobre todo a las relaciones públicas. Tengo que asegurarme de que Blue Ridge conserva una imagen estelar.

Bella siguió hablando con Riley mientras pensaba que era otro tipo de Westmoreland. Al parecer, todos lo eran. Pero había escuchado a Bailey comentar más de una vez que Riley era también un rompecorazones, y no lo dudaba. Como Jason, era extremadamente guapo.

–Riley, ¿cuándo sentarás la cabeza y te casarás? –le preguntó, para ver qué le respondía.

–¿Casarme? ¿Yo? Jamás. Me gustan las cosas tal y como están. No soy del tipo de personas que se casan.

Bella sonrió, preguntándose si Jason tampoco era del tipo de personas que se casan a pesar de haberle pedido matrimonio. ¿Tanto deseaba apoderarse de la finca y de Hercules? Estaba claro que sí.

Jason sonreía de camino a casa de Bella llevando un caballo que sabía que le iba a encantar montar. Fancy Free era una yegua tranquila. Podía ver a Bella a lo lejos esperándole en el porche, siempre y cuando obviase que parecía disfrutar de una agradable conversación con Riley, quien a su vez parecía flirtear con ella.

Apartó de su pensamiento los celos que le corroían. Riley era su hermano y, si no puedes confiar en tu hermano, ¿en quién podías confiar? Pero, de pronto, se le ocurrió preguntarse si Abel había asumido lo mismo sobre Caín.

Minutos después detuvo su caballo al borde del porche de Bella. Se echó el sombrero hacia atrás para descubrirse los ojos.

–Disculpad si interrumpo algo.

–No hay problema, pero llegas veinte minutos tarde. Da gracias a que estaba disfrutando de la compañía de Bella.

Jason miró muy serio a su hermano.

–No lo dudo.

Luego desvió la mirada hacia Bella. Estaba preciosa con sus ajustados pantalones de montar, la camisa blanca y las botas. No sólo estaba preciosa, sino terriblemente atractiva, y al mirar de reojo a su hermano se dio cuenta de que estaba disfrutando de las vistas tanto como él.

–¿No tenías que irte a trabajar, Riley?

–Supongo. Llámame si necesitas que vuelva a ejercer de guardaespaldas de Bella –luego se metió en la camioneta y se fue.

Jason contempló cómo se marchaba y luego centró su atención en Bella.

–¿Lista para montar, cariño?

***

Mientras Bella avanzaba con Jason intentó concentrarse en la belleza del campo y no en el atractivo del hombre que cabalgaba a su lado. Él montaba a Hercules y ella comprobó que era un jinete experto. Entendió por qué quería a aquel semental. Era como si él y el caballo mantuviesen una relación personal. Era obvio que Hercules se había alegrado de verle. Con Jason se mostraba dócil, mientras que a los demás les costaba grandes esfuerzos montarlo.

Lo primero que hicieron fue ir a desayunar con Dillon y Pam. Bella había quedado prendada de aquella casa desde la primera vez que la vio. La enorme construcción victoriana tenía una entrada circular y estaba enclavada en una finca de ciento veinte hectáreas. Jason le había contado por el camino que Dillon, al ser el primo de mayor edad, había heredado el hogar familiar. Allí era donde solía reunirse la mayor parte de la familia.

Bella había conocido en la cena a las tres hermanas menores de Pam y volvió a disfrutar de su compañía durante el desayuno. Todos preguntaron por el incidente de la piedra y Dillon, que conocía personalmente al sheriff, le dijo que éste acabaría por descubrir al responsable o responsables del ataque.

Después del desayuno, volvieron a subirse a los caballos y fueron a casa de Zane. Desde un asiento en primera fila vio cómo Zane, Derringer y Jason entrenaban a varios de los caballos. Lucia llegó a mediodía con fiambreras para todos y Bella no pudo

99

evitar percatarse de lo enamorados que estaban los recién casados. Sabía que, si decidía casarse con Jason, su matrimonio sería distinto al de Derringer y Lucia porque su unión iba a ser más que nada un acuerdo de negocios.

Luego cenaron con Ramsey y Chloe y se lo pasaron muy bien con ellos. Después de la cena, Ramsey les estuvo contando anécdotas sobre la cría de ovejas y les contó cómo decidió dejar de ser un hombre de negocios y dedicarse a dirigir un rancho ovejero.

Anochecía cuando ella y Jason volvieron a subir a los caballos para regresar a casa. Había sido un día repleto de actividades y ella había aprendido muchísimo sobre la doma de caballos y la cría de ovejas.

Miró a Jason. No había abierto la boca desde que salieron del rancho de su hermano y no pudo evitar preguntarse en qué estaría pensando. Tampoco podía evitar preguntarse si tenía intenciones de volver a pasar la noche en la camioneta.

–Me siento una aprovechada –dijo para romper el silencio que se había hecho entre ambos–. Tu familia me ha invitado hoy a desayunar, comer y cenar.

Él sonrió.

–Les gustas.

–Y ellos a mí.

Acababan de abandonar los límites de la finca de Jason y cabalgaban por la de ella cuando divisaron a lo lejos lo que parecía ser una bola roja que despedía humo. Ambos se percataron al mismo tiempo de lo que se trataba.

Era fuego.

Y procedía del rancho de Bella.

Capítulo Siete

A entrar en lo que antes era su salón, Bella miró a su alrededor e intentó contener las lágrimas. Más de la mitad de la casa había desaparecido, destruida por el fuego. Y según el jefe de bomberos, había sido un incendio intencionado. De no ser por la rápida reacción de sus hombres, que sofocaron las llamas con mangueras, toda la casa se habría desvanecido.

Se sentía apesadumbrada. Agobiada. Rota. Su única intención al abandonar Savannah había sido empezar allí una nueva vida. Pero al parecer no iba a ser así. Alguien quería que se marchara. ¿Quién codiciaba de tal manera su finca?

Notó que alguien le tocaba el brazo y, sin levantar la vista, supo que era Jason. Era capaz de reconocer sus caricias. Él no se había separado de Bella ni un segundo mientras veían arder parte de la casa y la abrazó cuando ella no pudo soportarlo más y enterró la cabeza en su pecho, aferrándose a él. En ese momento él se había convertido en lo único inquebrantable en un mundo que se derrumbaba a su alrededor; destruido deliberadamente por alguien decidido a arrebatarle la felicidad y la alegría. Pero él la había abrazado y le había susurrado una y otra vez que todo se iba a arreglar.

El sheriff Harper la había interrogado, con preguntas parecidas a las que Pete le había hecho el día anterior cuando arrojaron la piedra a su ventana.

—¿Bella?

Ella alzó la vista hacia Jason.

—¿Sí?

—Venga, vamos. Aquí ya no hay nada que podamos hacer esta noche.

Se encogió de hombros con tristeza, reprimiendo los sollozos.

—¿Ir? ¿Adónde, Jason? Mira a tu alrededor. Yo ya no tengo casa.

No pudo contener la lágrima que rodó por su mejilla. En lugar de responder, Jason le enjugó la lágrima con el pulgar y entrelazó sus dedos con los de ella. Luego la guió hacia el granero para que tuvieran un momento de intimidad. Allí la giró hacia él y le apartó los rizos de la cara.

—Mientras yo tenga casa, tú también la tendrás. No permitas que la persona que ha hecho esto te venza. Es la finca que te dejó tu abuelo y tienes derecho a estar aquí si ése es tu deseo.

—¿Pero qué puedo hacer, Jason? Hace falta dinero para reconstruirlo todo y gracias a mis padres mi cuenta está bloqueada.

Se detuvo un momento y luego añadió:

—Ya no tengo nada. El rancho estaba asegurado, pero la reconstrucción llevará tiempo.

—Me tienes a mí, Bella. Mi proposición sigue en pie y ahora más que nunca deberías aceptarla. Si nos casamos, ambos obtendremos lo que queremos y demostraremos a la persona que hizo esto que no piensas ir a ninguna parte. Les demostrará que no ganaron después de todo y que tarde o temprano los apresarán.

Jason bajó la vista al suelo por un instante y luego volvió a mirarla.

–Estoy más que enfadado, Bella, Estoy tan lleno de rabia que podría hacer daño a alguien por hacerte pasar por esto. Quien quiera que esté detrás de lo ocurrido seguramente pensó que estarías en la casa. ¿Y si llegas a estar dentro? ¿Y si no llegas a pasar el día conmigo?

Bella inspiró con fuerza. Eso eran unos «y si» en los que ella no quería pensar. Lo único que quería plantearse en ese momento era la proposición, la que Jason le había hecho y todavía quería que aceptase. Y en ese instante decidió que lo haría.

Se arriesgaría a lo que pudiera o no pudiera pasar durante el año estipulado. Sería la mejor esposa posible y, con suerte, si él quería divorciarse pasado un año, podrían seguir siendo amigos.

–¿Qué me dices, Bella? ¿Vas a demostrar al que te hizo esto que eres una luchadora y que conservarás lo que es tuyo? ¿Te casarás conmigo para que hagamos esto juntos?

Ella le miró a los ojos y exhaló con fuerza.

–Sí, me casaré contigo, Jason.

Bella pensó que la sonrisa que Jason esbozó no tenía precio y tuvo que recordarse que él no era feliz porque fuese a casarse con ella, sino porque al hacerlo se convertiría en copropietario de la finca y dueño de Hercules. Y que gracias a aquel matrimonio ella recuperaría su dinero y así haría saber a quien estuviese detrás de las amenazas que perdía el tiempo y que no pensaba marcharse a ninguna otra parte.

Él se inclinó para besarla en los labios y le apretó la mano con fuerza.

–Venga. Vamos a contarle a la familia la buena noticia.

Los hermanos y primos de Jason no expresaron sorpresa alguna ante el anuncio. Probablemente porque estuvieron muy ocupados felicitándoles y haciendo plancs para la boda.

Ella y Jason habían decidido que la verdadera naturaleza de su matrimonio quedase entre ellos. Los Westmoreland ni se inmutaron cuando Jason les dijo a continuación que se casarían lo antes posible. Al día siguiente, de hecho. Les aseguró que más adelante organizarían una recepción.

Bella decidió llamar a sus padres después de la boda. Llamaron a un juez amigo de los Westmoreland e inmediatamente accedió a celebrar la ceremonia civil en su despacho sobre las tres de la tarde. Dillon y Ramsey sugirieron que la familia celebrase el enlace con una cena en un restaurante del centro tras la ceremonia.

La luna de miel llegaría más tarde. Por lo pronto pasarían la noche en un hotel. Con tantos preparativos para el día siguiente, Bella consiguió dejar el fuego en segundo plano. De hecho, estaba deseando que llegase el día de su boda. También desechó de su mente la razón principal por la que ambos iban a casarse. Dillon y Pam la invitaron a pasar la noche en su casa y ella aceptó la invitación.

—Acompáñame a la camioneta —le susurró Jason, tomándola de la mano.

—De acuerdo.

Cuando llegaron al lugar donde él había aparcado, Jason la apretó contra su pecho, se inclinó y la besó apasionadamente.

—Ya sabes que puedes pasar la noche en mi casa.

—Sí, lo sé, pero estaré bien con Dillon y Pam. Antes de que te des cuenta, habré vuelto aquí mañana —se detuvo y alzó la vista hacia él, buscando sus ojos—. ¿Crees que estamos haciendo lo correcto, Jason?

Él sonrió, asintiendo.

—Sí, estoy seguro. Después de la ceremonia llamaremos a tus padres y le pasaremos al abogado toda la documentación necesaria para recuperar tu fondo fiduciario. Y estoy seguro de que la persona que ha estado amenazándote no tardará en enterarse de que Bella Bostwick Westmoreland ha venido para quedarse.

Bella Bostwick Westmoreland. Le gustaba cómo sonaba, pero en el fondo sabía que no podía encariñarse con ese nombre. Lo miró a los ojos y deseó que jamás se despertara una mañana pensando que había cometido un error y que no le había valido la pena aceptar la proposición.

—Todo será para bien, Bella. Ya verás —y entonces volvió a abrazarla y a besarla.

***

—Os declaro marido y mujer. Jason, puedes besar a la novia.

Jason no tardó ni un segundo en atraer a Bella hacia él y devorar su boca. Cuando finalmente la liberó, comenzaron a oírse los vítores, la miró y supo en ese instante lo mucho que la amaba. Le demostraría su amor el resto de su vida. Sabía que ella asumía que pasado un año cualquiera de ellos podía pedir el divorcio, pero no estaba dispuesto a permitirlo. Jamás. No habría divorcio.

—Eh, Jason y Bella. ¿Estáis preparados para ir a cenar? —preguntó Dillon, sonriendo.

Jason le devolvió la sonrisa.

—Sí, lo estamos —asió a Bella de la mano, percatándose de las sensaciones que le producía tocarla y supo que, personalmente, estaba preparado para algo más.

Bella miró fugazmente a Jason mientras entraban en el ascensor camino de la habitación del hotel, la suite nupcial, cortesía de toda la familia Westmoreland al completo. Supo que no sólo se había convertido en su esposa, sino que había heredado además a su familia. Dado que nunca había disfrutado de una familia numerosa, se sentía inmensamente feliz.

La cena con todos había sido maravillosa y los hermanos y primos de Jason brindaron por lo que todos consideraban sería un largo matrimonio. El rostro de Jason no reflejó en absoluto que se equivocaban o que aquello no era más que un deseo por parte de su familia.

Y en ese momento se encontraban en el ascensor camino de la planta donde se encontraba su habitación. Pasarían la noche bajo el mismo techo, compartiendo la misma cama. No habían hablado del tema, pero ella sabía que entre ambos había un entendimiento tácito.

Jason se había tornado silencioso y ella se preguntó si se habría arrepentido de la proposición. La idea le provocó un pánico terrible y le destrozó el corazón al mismo tiempo. Entonces, inesperadamente, sintió que Jason le tocaba el brazo y, cuando se giró, le sonrió y la apretó contra su costado, como si no quisiera apartarse de ella en ningún momento. Fue como si le estuviese dando a entender que nunca más volvería a estar sola.

Bella sabía que seguramente lo estaba racionalizando todo según el modo en que le gustaría que fuese, la forma en que quería que estuviesen los dos, pero no necesariamente como era en realidad. Pero si tenía que fantasear, lo haría. Y si tenía que fingir que su matrimonio era real durante el año siguiente, también lo haría. Sin embargo, una parte de ella nunca perdería de vista las razones por las que estaba allí. Una parte de ella estaría siempre preparada para lo inevitable.

–Has sido una novia preciosa, Bella.

–Tú también estás muy guapo –dijo ella en voz baja.

Y pensó que se había quedado corta. Ya lo había visto en traje la noche del baile de beneficencia y se había quedado sin aliento tanto entonces como en la boda. Alto, moreno y apuesto, era la personificación de las fantasías y sueños de toda mujer. Y durante todo un año, lo tendría en exclusiva para ella.

El ascensor se detuvo y él le apretó la mano mientras salían. Cuando las puertas se cerraron detrás de ellos y comenzaron a caminar hacia la habitación 4501, ella contuvo la respiración. Sabía que una vez cruzaran aquellas puertas no habría vuelta atrás.

Cuando llegaron a la puerta, Jason le soltó la mano para sacar la llave de la chaqueta. Una vez abierta, le tendió la mano a Bella y ella la tomó y percibió las sensaciones que fluían entre ambos. Entonces soltó un grito ahogado al ver que de pronto él la tomaba en brazos y atravesaba con ella el umbral de la suite nupcial.

Jason cerró la puerta con el pie y luego dejó a Bella en el suelo. Después se quedó allí mirándola, permitiendo que sus ojos la recorrieran. Lo que le había dicho era verdad. Era una novia preciosa.

Y era suya.

Absoluta y fehacientemente suya.

Bajó la cabeza y la besó, enredando su lengua con la de ella y reencontrándose con su sabor, un sabor que no había olvidado y había ansiado desesperadamente desde la última vez. La besó con pasión, sin dejar intacta ninguna parte de su boca. Y ella le devolvió el beso con la misma intensidad de deseo, dejándolo asombrado por lo que le estaba haciendo sentir.

Él la abrazó aún más fuerte, acoplando su boca

y su cuerpo a los de ella, asegurándose de que Bella notaba el montículo caliente de su erección. Palpitaba de forma terrible, en un deseo incontenible por poseerla. La había deseado durante mucho tiempo… desde que la vio por primera vez en la noche del baile, y sus ansias no habían disminuido desde entonces. En todo caso, habían aumentado hasta tal punto que Jason sentía incluso el vientre tenso de deseo. Tomándola de las manos, empezó a levantarle lentamente el vestido.

—Rodéame con las piernas, Bella —susurró, y la ayudó levantándole las caderas para que ella colocara las piernas alrededor de su cuerpo y él pudiese llevarla en brazos hasta el dormitorio. Desde la suite se dominaba el centro de Denver, pero aquello era lo último que Jason tenía en mente en ese momento. Sólo pensaba en hacerle el amor a su esposa.

Su esposa.

Volvió a besarla, con mayor intensidad, disfrutando del modo en que sus lenguas se acariciaban una y otra vez. La colocó sobre la cama y empezó a desabrocharle el vestido y a deslizarlo por su cuerpo. Entonces, dio un paso atrás y pensó que estaba soñando. Ninguna fantasía podía superar a aquella visión.

Ella llevaba un sujetador blanco de encaje y unas braguitas a juego. En cualquier otra mujer, este color transmitiría una inocencia extrema, pero en Bella representaba el culmen del deseo sexual.

Necesitaba desnudarla por completo y lo hizo pensando en todo lo que deseaba hacerle. Al verla desnuda y de rodillas en mitad de la cama, comprendió por su expresión que era la primera vez que un hombre contemplaba su cuerpo y la idea le hizo estremecerse mientras la recorría con la mirada. Una sacudida de orgullo atravesó su cuerpo. No podía dejar de contemplarla.

La erección de Jason se volvió aún más pronunciada al mirar el pecho de bella, una parte de su cuerpo que todavía no había explorado. La lengua le ardía al pensar en cómo la envolvería alrededor de sus pezones.

Incapaz de seguir aguantando la tentación, se acercó a la cama y, apoyando en ella la rodilla, se inclinó para atraparle un pezón con la boca. Agarró con la lengua la protuberancia y empezó a realizar todo tipo de juegos. Juegos que ella parecía disfrutar, a juzgar por la forma en que introducía cada vez más sus pechos en la boca de Jason.

La oía gemir mientras atormentaba sus pezones con rápidos mordiscos seguidos de succiones. Cuando se agachó para que sus manos comprobaran si Bella estaba preparada, vio que sin duda lo estaba. Apartándose, salió de la cama para quitarse la ropa mientras ella lo observaba.

—No estoy tomando anticonceptivos, Jason.

—¿No?

—No.

Y pensando que le debía mayores explicaciones, le dijo:

—No he tenido relaciones con nadie.

—¿Desde cuándo?

—Nunca.

Él no se sorprendió en parte. De hecho lo había

sospechado. Sabía que nadie había practicado el sexo oral con ella, pero no estaba seguro de hasta qué punto no había tenido ninguna otra experiencia.

–¿Por alguna razón?

Ella le miró a los ojos y sostuvo la mirada.

–Te estaba esperando.

Jason inspiró de forma agitada. Se preguntó si Bella sabía lo que acababa de insinuar y se imaginó que no. Puede que no hubiese insinuado nada y no fuesen más que imaginaciones suyas. La quería y lo daría todo por que ella también lo amase. Pero hasta que ella no lo verbalizase, no asumiría nada en absoluto.

–Pues tu espera ha terminado, mi amor –le dijo, deslizando un preservativo por el grueso de su erección mientras ella lo observaba. Por la fascinación que había en su cara, él dedujo que lo que estaba viendo era algo que veía por primera vez.

Una vez hubo acabado, volvió a la cama junto a ella.

–Tienes un cuerpo precioso, Jason –dijo ella en voz baja. Y como si necesitase probar sus habilidades para excitarlo, se inclinó y le lamió un pezón erecto del mismo modo que él había hecho con ella.

–Aprendes rápido –dijo él con voz ronca.

–¿Y eso es bueno o malo?

Él le sonrió.

–Para nosotros siempre será bueno.

Dado que iba a ser la primera vez de Bella, quería que ella estuviese bien preparada y conocía una forma de hacerlo. La tumbó sobre el lecho y decidió lamerla hasta llevarla al orgasmo. Empezando por la boca, bajó lentamente a la barbilla y descen-

111

dió por el cuello hasta los pechos. Cuando pasó del estómago al vientre liso vio que ella se estaba estremeciendo bajo su boca, pero no le importó. Era una reveladora señal de lo que Bella estaba sintiendo.

–Abre las piernas, amor –susurró. En cuanto lo hizo, Jason hundió allí la cabeza para deslizar la lengua entre los pliegues de su sexo. Recordaba cómo lo había hecho la última vez y sabía qué zonas concretas podían hacerle gemir de placer. Esa noche quería hacerlo mejor. Quería hacerle gritar.

Lamió una y otra vez hasta llevarla al borde del orgasmo, luego apartó la lengua y empezó a recorrerla entera otra vez. Ella sollozaba su nombre, gemía. Y entonces, cuando estaba a punto de estallar, se colocó sobre ella.

Situó su sexo erecto en el lugar adecuado y, sin dejar de mirarla a los ojos, unió su cuerpo al de ella como si fueran uno solo. Bella estaba tensa, así que él intentó controlarse mientras se deslizaba en su interior, sintiendo la firmeza con que sus músculos se aferraban a él. No quería hacerle daño, así que fue penetrando lentamente, centímetro a centímetro. Cuando llegó hasta el final, cerró los ojos pero no se movió. Necesitaba quedarse inmóvil para percibir la importancia de lo que estaba sucediendo. Le estaba haciendo el amor a su esposa, a la persona que amaba más que a su vida.

Abrió los ojos lentamente, se encontró con los de Bella y vio que ella había estado observándole… ansiando y necesitando que acabase lo que había empezado. Así que lo hizo. Empezó a moverse despacio, con extrema suavidad, entrando y saliendo de ella. Entonces Bella arqueó la espalda y él aumentó el ritmo y la presión.

Los sonidos que ella emitía excitaban aún más a Jason y le hacían saber que estaba disfrutando. Cuanto más gemía, más obtenía. En algunas ocasiones la penetraba tan profundamente que llegaba a tocarle el útero y la idea le hacía desearla más.

Ella respiraba de forma entrecortada mientras él seguía empujando, haciéndola suya como ella lo hacía suyo a él. Y entonces ella echó la cabeza hacia atrás y gritó su nombre. Fue entonces cuando él se corrió, llenándola mientras gemía y ambos alcanzaban el orgasmo. Los espasmos que recorrieron el cuerpo de Jason eran tan poderosos que tuvo que obligarse a respirar. Se agitó sobre ella varias veces mientras la seguía penetrando por la fuerza de su liberación.

Jason aspiró el aroma del sexo que habían compartido y luego se inclinó a besarla. En aquel momento supo que la noche no había hecho más que empezar.

Durante la noche, Jason despertó al notar que Bella tenía su sexo en la boca. Inmediatamente empezó a tener una erección.

–Oh –ella se apartó y lo miró totalmente ruborizada–. Creía que estabas dormido.

Los labios de Jason se curvaron en una sonrisa.

–Lo estaba, pero hay cosas ante las cuales un hombre no puede evitar despertarse. ¿Qué haces ahí?

Ella alzó la cabeza para mirarle.

–Comiéndote del mismo modo que tú me comiste a mí –dijo ella en voz baja.

–No tenías que esperar a que estuviese dormido –le dijo, sintiéndose cada vez más excitado. Aunque ya no estaba en su boca, seguía estando cerca. Justo ahí. Y el calor del aliento de Bella estaba demasiado próximo.

–Lo sé, pero estabas dormido y pensé en practicar primero. No quería pasar la vergüenza de hacerlo mal cuando estuvieses despierto –dijo ella, ruborizándose aún más.

Él rió por lo bajo, pensando en lo maravilloso que era aquel rubor.

–Mi niña, ésta es una de las cosas que una mujer nunca hace mal.

–¿Quieres que pare?

–¿Tú qué crees?

Ella le sonrió tímidamente. Maliciosamente. Licenciosamente.

–Creo que no quieres. Pero recuerda que esto es sólo una sesión de prueba.

Entonces ella se acercó y volvió a deslizarse su sexo en la boca. Él empezó a gemir en cuanto ella empezó a hacerle el amor de esta forma. Aquella misma noche él la había lamido hasta el orgasmo y ahora era ella la que lo estaba llevando a la locura. Entonces empezó a succionar y él emitió un sonido ronco procedente del fondo de la garganta. Si aquello era una sesión de prueba, la definitiva sin duda lo mataría.

–¡Bella!

Rápidamente, él se agachó y tiró de ella hacia arriba para tumbarla en la cama. Se situó encima de su cuerpo y la penetró, pero se dio cuenta demasiado tarde, al sentir que explotaba, que no llevaba puesto un preservativo. La idea de que podría estar dejándola embarazada hizo que eyaculara aún con más fuerza en su interior.

Todo su cuerpo se estremeció por la magnitud de los embistes que siguieron y que no era capaz de detener. Cuanto más le daba ella, más la deseaba. Entonces Bella arqueó las caderas y él la penetró más profundamente y tuvo un segundo orgasmo.

—¡Jason!

Ella lo seguía en la dulce travesía hacia la inconsciencia y el corazón de él empezó a latir con fuerza al darse cuenta de que aquello era hacer el amor de la forma más sincera y descarnada posible, así que se aferró a él, aferrándose a Bella. Un gemido tembloroso escapó de sus labios y cuando los muslos de ella comenzaron a temblar, sintió su vibración hasta lo más profundo de su ser.

Instantes después se derrumbó sobre Bella, gimiendo su nombre mientras su sexo palpitaba aún en su interior, aferrado a su carne como si los músculos de Bella no quisieran dejarlo ir.

Lo que acababan de compartir, al igual que las otras veces que habían hecho el amor esa noche, había sido tan inconmensurablemente placentero que Jason no podía pensar con claridad. La idea de lo que ella le había hecho al despertarlo le provocaba sensuales escalofríos en la parte baja de su cuerpo.

Abrió la boca para decir algo, pero la cerró de inmediato al ver que Bella se había quedado dormida. Su imagen resultaba tremendamente erótica allí tumbada con los ojos cerrados, los rizos enmarcando su rostro y los labios ligeramente separados, los más atractivos que jamás había tenido el placer de besar.

Se quedó mirándola, pensando que debía dejarla descansar. Pero pretendía volver a despertarla más tarde de la misma forma en que ella lo había despertado a él.

Capítulo Ocho

A la mañana siguiente, después de desayunar en la cama, Bella pensó que era el momento de decirles a sus padres que era una mujer casada.

Inspirando con fuerza marcó el número y respondió el ama de llaves, quien le dijo que esperase a que se pusiera su padre.

—Elizabeth. Espero que llames para decirme que has entrado en razón y te has comprado un billete de vuelta a casa.

Ella frunció el ceño. Ni siquiera se tomaba un segundo para preguntarle cómo estaba. Aunque imaginaba que sus padres no tenían nada que ver con los dos incidentes ocurridos esa semana, decidió preguntar de todas formas.

—Dime una cosa, papá. ¿Acaso tú y mamá pensabais que asustándome me harías regresar a Savannah?

—¿De qué estás hablando?

—Hace tres días alguien arrojó una piedra a mi salón con una nota intimidatoria en la cual se me pedía que abandonase la ciudad, y dos días después alguien prendió fuego a mi casa. Por suerte no estaba allí en ese momento.

—¿Que alguien ha incendiado la casa de papá?

Bella se percató de su tono de sorpresa, pero también detectó algo más: empatía. Era la primera vez que lo escuchaba referirse a Herman como «papá».

–Sí.

–Yo no he tenido nada que ver en eso, Elizabeth. Tu madre y yo jamás te pondríamos en peligro de ese modo. ¿Qué clase de padres crees que somos?

–Autoritarios. Pero no he llamado para discutir, papá. Sólo para comunicaros a ti y a mamá una buena noticia. Ayer me casé.

–¿Cómo?

–Lo que oyes. Me he casado con un hombre maravilloso que se llama Jason Westmoreland.

–¿Westmoreland? Hubo unos Westmoreland que fueron compañeros míos en el colegio. Su finca estaba pegada a la nuestra.

–Seguramente eran sus padres. Ambos fallecieron.

–Lamento oír eso, pero espero que sepas las razones por las que ese hombre se ha casado contigo. Quiere la finca. Pero no te preocupes, querida. Se puede solucionar fácilmente una vez pidas la nulidad.

Ella negó con la cabeza. Sus padres no lo entendían.

–Jason no me obligó a casarme con él, lo hice por propia voluntad.

–Escucha, Elizabeth, no llevas ni un mes viviendo allí. No conoces a ese tipo y no permitiré que te cases con él.

–Papá, ya estoy casada y tengo intención de enviar a tu abogado una copia de la licencia para que levante el bloqueo a mi fondo fiduciario.

–Te crees muy lista, Elizabeth. Sé lo que estás haciendo y no pienso permitirlo. No lo amas y él no te ama a ti.

—Se parece mucho a la forma en que tú y mamá habéis organizado vuestro matrimonio. Al mismo tipo de matrimonio que quieres que tenga con Hugh, así que ¿cuál es el problema? Yo no veo ninguno y me niego a seguir hablando contigo del tema. Adiós papá, da recuerdos a mamá —y colgó el teléfono.

—Imagino a tu padre no le ha sentado bien la noticia.

Ella miró a Jason, que yacía tumbado a su lado, y le dedicó una leve sonrisa.

—¿De veras creías que iba a sentarle bien?

—No y no importa. Tendrán que asumirlo.

Ella se acurrucó junto a él.

—¿A qué hora tenemos que abandonar la habitación?

—A mediodía. Y entonces partiremos a la Casa de Jason.

Bella tuvo que contener la felicidad que sentía al saber que irían a su casa y viviría allí al menos durante los doce meses siguientes.

—¿Existen algunas normas que deba conocer? Sólo estaré un tiempo en esa casa y no quiero abusar de tu hospitalidad —podía jurar que había visto algo asomar a los ojos de Jason, pero no estaba segura.

—No es así y no, para ti no hay normas, a menos que… Se te ocurra pintar mi dormitorio de color rosa.

Ella no pudo evitar echarse a reír.

—¿Y qué tal de amarillo? ¿Te gustaría?

–No es uno de mis colores favoritos, pero supongo que valdría.

Bella sonrió y se arrimó aún más a él. Estaba deseando compartir con Jason el mismo techo.

–¿Bella?

–¿Sí?

–La última vez que hicimos el amor no llevaba preservativo.

–Sí, lo sé.

–No fue a propósito.

–También lo sé –dijo ella con suavidad. Jason no tenía razones para desear dejarla embarazada. Sólo sería un inconveniente para su acuerdo.

Durante un momento, ambos guardaron silencio. Entonces él preguntó:

–¿Te gustan los niños?

–Sí, me gustan.

–¿Y crees que los tendrás algún día?

¿Le preguntaba aquello porque le preocupaba que pudiese utilizarlos como una trampa para quedarse con él pasado un año? Pero se lo había preguntado y ella tenía que ser sincera.

–Sí, me encantaría.

–Creo que serías una madre maravillosa.

–Gracias por decirlo.

–De nada, pero es la verdad.

Bella inspiró hondo, y se preguntó cómo podía estar tan seguro. Siguió mirándole durante un rato. Sería un regalo para cualquier mujer y se había sacrificado al casarse con ella… sólo porque quería la finca y a Hercules. Sentía lástima al pensar lo que le había llevado a unirse a ella.

Jason le levantó la mano y miró el anillo que le había puesto. Bella también lo miró. Era precioso. Más de lo que ella había esperado.

–Llevas mi anillo –le dijo él en voz baja.

–Sí, llevo tu anillo. Y es precioso. Gracias.

Luego ella levantó la mano de él.

–Y tú llevas el mío.

Y entonces él la besó y ella supo que acabara como acabase su matrimonio, había tenido un comienzo maravilloso.

Por segunda vez en dos días, Jason cruzó un umbral llevando en brazos a la mujer que amaba. Pero esta vez se trataba del umbral de su propia casa.

–Bienvenida a la Casa de Jason, cariño –dijo mientras la dejaba en el suelo.

Sin pensarlo siquiera la giró en sus brazos y la besó, porque necesitaba sentir cómo se unían sus bocas, sus cuerpos. El beso fue largo, profundo, la experiencia más satisfactoria que podía imaginar. Con ella, todas las experiencias eran satisfactorias. Y pretendía tener muchísimas más.

–¿No vas a trabajar hoy? –preguntó Bella al día siguiente mientras desayunaban. Su madre la había llamado la noche anterior para convencerla de que había cometido un error. Le dijo que irían a Denver al cabo de unos días para hacerle entrar en razón.

Cuando Bella se lo había contado a Jason, él se había limitado a encogerse de hombros y le había pedido que no se preocupara. Para él era fácil decirlo, porque todavía no conocía a sus padres.

–No, hoy no voy a trabajar. Estoy de luna de miel –dijo Jason–, dime qué te apetece hacer y lo haremos.

–¿Quieres pasar más tiempo conmigo?

–Por supuesto. Pareces sorprendida.

Lo estaba. Pensaba que habían pasado tanto tiempo en el dormitorio que debía de estar cansado de ella. Estaba a punto de decir algo cuando sonó el teléfono de la casa. Él le sonrió:

–Discúlpame un segundo.

Poco después, Jason colgó el teléfono.

–Era el sheriff Harper. Han arrestado a los nietos gemelos de tu tío Kenneth.

Bella se llevó la mano al pecho.

–¡Pero si sólo tienen catorce años!

–Sí, pero las huellas que había en la ventana y las de la piedra son las de ellos. Por no decir que el queroseno que usaron para el incendio era el de sus padres. Es obvio que escucharon las quejas de su abuelo sobre ti y pensaron que le hacían un favor asustándote para que te marcharas.

–¿Y qué les va a pasar?

–Ahora están bajo la custodia de la policía. Un juez decidirá mañana si quedarán libres y a cargo de sus padres hasta que se fije la fecha del juicio. Si los declaran culpables, y es bastante posible dado que las pruebas en su contra son casi irrebatibles, pasarán uno o dos años en un centro de menores.

Bella negó tristemente con la cabeza.

–Me siento fatal con todo esto.

–Sé lo que estás pensando, cariño. Puedo leerlo en tu cara, te culpas por lo ocurrido y no es culpa tuya. No puedes asumir la responsabilidad de las acciones de otras personas. ¿Y si llegas a estar cerca de la ventana cuando lanzaron la piedra o a estar en la casa cuando le prendieron fuego? Si parezco enfadado, es porque lo estoy. Y lo estaré hasta que no se haga justicia.

Se quedó en silencio un momento y luego dijo:

–No quiero hablar sobre Kenneth ni sobre sus nietos nunca más. Venga, vístete y vamos a montar a caballo.

Cuando regresaron, Bella comprobó el teléfono y vio que sus padres le habían dejando un mensaje en el cual le decían que habían cambiado de idea y no irían a Denver. No pudo evitar preguntarse el porqué, pero supuso que lo mejor que podía hacer era sentirse agradecida por lo que tenía y alegrarse de que hubiesen cambiado los planes.

Jason estaba fuera guardando los caballos y ella decidió darse una ducha y ponerse ropa más cómoda. Hasta entonces, aparte del sheriff, nadie les había llamado. Imaginó que la familia de Jason les estaba dejando disfrutar de su luna de miel.

Cuando sonó su teléfono móvil, no reconoció la llamada, pero pensó que serían sus padres desde otro teléfono.

–¿Sí?

–Todo esto es culpa tuya, Bella –ella se quedó paralizada al escuchar la voz de su tío. Estaba enfadado–. Puede que mis nietos ingresen en un centro de menores por tu culpa.

Bella inspiró con fuera y recordó la conversación que había mantenido con Jason.

–No tenías que haber hablado mal de mí delante de ellos.

–¿Me estás echando a mí las culpa?

–Sí, tío Kenneth, es exactamente lo que estoy haciendo. La única persona a quien puedes culpar es a ti mismo.

–¿Cómo te atreves a hablarme así? Crees que eres alguien ahora que estás casada con un Westmoreland. Pero descubrirás que has cometido un error. Todo lo que quiere es tu finca y a ese caballo. No le importas en absoluto. Te dije que sabía de alguien que podía comprar la finca.

–Y yo siempre te he dicho que las tierras no están en venta.

–No significas nada para él. Sólo quiere tus tierras. No es más que un manipulador.

Entonces su tío colgó el teléfono.

Bella intentó que no le afectasen las palabras de Kenneth. Nadie conocía los detalles de su matrimonio, así que su tío no sabía que ella era plenamente consciente de que Jason quería su finca y al caballo. ¿Por qué si no iba a presentarle semejante proposición? No era la loca que su tío pensaba que era.

Alzó la mirada cuando Jason entró por la puerta de atrás. Él sonrió al verla.

–Creí que ibas a ducharte.

–Iba, pero recibí una llamada.

–¿De quién?

Bella sabía que no era el momento de contarle la llamada de su tío, sobre todo después de lo que Jason le había dicho antes.

–Han llamado mis padres. Al final no vienen.

Él la agarró de la muñeca y la sentó en el sofá a su lado.

–Podría decirte muchas cosas, y ninguna agradable. Pero lo importante es que han decidido no venir y creo que han hecho bien porque no quiero que nadie te incomode.

–Nadie lo hará. Estoy bien.

–Y voy a asegurarme de que sigues así –dijo Jason, y la estrechó entre sus brazos.

Ella se quedó inmóvil con la cabeza sobre el pecho de Jason, oyendo su corazón. Se preguntó si él podía oír el suyo. Todavía le resultaba extraño que se sintieran tan atraídos el uno por el otro. El matrimonio no había hecho disminuir esa atracción.

Alzó la cabeza para mirarle y captó la profundidad de su mirada. Era una mirada tan íntima que una oleada de calor la recorrió de arriba abajo.

Y cuando él empezó a besarla, todos los pensamientos la abandonaron menos uno: lo mucho que le hacía sentirse amada, incluso fingiendo. En cuanto sus labios se tocaron, se negó a creer las palabras de tío Kenneth.

En lugar de eso, se concentró en lo que él la estaba haciendo sentir al besarla. Y sabía que ese beso no era más que el principio.

Capítulo Nueve

En el transcurso de las semanas siguientes, Bella se acostumbró a lo que consideraba una cómoda rutina. Todas las noches se acostaban juntos y hacían el amor apasionadamente. Por las mañanas se levantaban temprano, él se sentaba a la mesa a tomar café y ella bebía té mientras él le hablaba de los caballos que iba a entrenar durante el día.

Mientras él estaba fuera, ella solía dedicarse a leer los diarios de su abuelo, que se habían salvado del incendio porque Bella los tenía guardados arriba en su habitación. Como en Savannah había participado activamente en muchas obras benéficas, dedicaba parte de su tiempo a trabajar como voluntaria en el hospital infantil y la Westmoreland Foundation.

Hercules ya estaba en los establos de Jason, que colaboraba con la compañía de seguros en la reparación del rancho.

Aunque ella agradecía que Jason interviniese y se hiciese cargo de todas sus cosas, no se quitaba de la cabeza las advertencias de su tío Kenneth. Era consciente de que Jason no la amaba y que sólo se había casado con ella por la finca y por Hercules. Pero, ahora que tenía ambas cosas, ¿sería cuestión de tiempo que intentara deshacerse de ella?

Era consciente de que durante los dos últimos días había estado un poco nerviosa con respecto a Jason porque tenía dudas sobre su futuro con él. Y para empeorar las cosas tenía un atraso, lo que podía ser signo de un posible embarazo. No le había comentado a Jason sus sospechas porque no estaba segura de cómo iba a reaccionar a la noticia.

Si estaba embarazada, el niño nacería dentro del primer año de su matrimonio. ¿Querría él divorciarse incluso siendo ella la madre de su hijo, o preferiría quedarse por esa misma razón, porque se sentiría obligado a hacerlo? Pero otra cuestión, más importante si cabe, era si él realmente quería convertirse en padre. Jason le había preguntado qué pensaba de la maternidad, pero ella nunca le había preguntado a él. Le gustaban los niños, a juzgar por la relación que mantenía con Susan y Denver, pero eso no significaba necesariamente que quisiera ser padre.

Oyó el sonido de la puerta de un vehículo al cerrarse y se acercó a la ventana. Era Jason. Él alzó la vista, la vio y esbozó una sonrisa. En ese instante sintió que sus pezones se ponían erectos. Una oleada de deseo se apoderó de ella y notó en ese momento que había humedecido las braguitas. Aquel hombre podía excitarla con sólo mirarla. Había vuelto a casa antes de lo acostumbrado. Tres horas antes.

Puesto que estaba allí, a Bella se le ocurrieron muchas formas de utilizar aquellas horas extra. Lo primero que quería hacer era llevárselo a la boca, algo que había descubierto que le encantaba hacer. Y luego él podía devolverle el favor poniendo a trabajar la lengua entre sus piernas. Se estremeció sólo con pensarlo y supuso que era cosa de las hormonas, porque si no, no estaría pensando en cosas tan escandalosas.

Él dejó de mirarla para entrar en la casa y ella salió apresuradamente del despacho para esperarle en lo alto de las escaleras. Bajó la vista en cuanto él abrió la puerta. La mirada de Jason se posó sobre ella y le hizo perder el aliento. Mientras ella lo observaba, cerró la puerta con pestillo y empezó a quitarse la ropa lentamente, primero arrojó el sombrero sobre el perchero y luego se desabotonó la camisa.

Ella empezó a excitarse mientras lo miraba al comprobar que no se detenía. Se había quitado la camisa, y Bella admiró su ancha espalda y sus muslos vigorosos marcados bajo los pantalones vaqueros.

—Voy a subir —dijo en voz grave y susurrante.

Ella se echó hacia atrás al ver que él subía las escaleras con la mirada más predatoria que había visto jamás. Había un deseo tan profundo e intenso en esa mirada que el corazón de Bella se desbocó.

—Quítate la ropa, Bella —dijo en voz ronca y profunda.

Entonces ella le preguntó lo que algunos considerarían una pregunta estúpida.

—¿Por qué?

Él se fue acercando lentamente y fue como si ella estuviese pegada al suelo y no pudiera moverse. Cuando se detuvo frente a Bella, ella levantó la cabeza para mirarle y vio el deseo en sus ojos marrones. La intensidad de su mirada le provocó un escalofrío.

Extendió los brazos y le sujetó el rostro con las manos. Luego bajó la cabeza levemente para susurrarle:

–He venido antes porque necesitaba hacerte el amor. Y necesito hacerlo ahora.

Y entonces atrapó la boca de Bella con la suya, besándola con la misma intensidad y deseo que ella había visto en sus ojos. Ella le devolvió el beso sin entender por qué necesitaba hacerle el amor y por qué en ese momento. Pero sabía que le daría lo que quisiera y de la forma en que él quisiera.

Él le estaba devorando la boca, haciéndola gemir. La besaba como el que hace una afirmación y reclama algo al mismo tiempo. Bella no podía hacer nada más que aceptar todo lo que él le estaba dando, feliz de hacerlo y sin avergonzarse en absoluto. Jason no sabía que ella le amaba. Ni lo que para ella significaban las últimas semanas que habían compartido.

Entonces él apartó la boca y se quitó las botas a toda velocidad. Luego la llevó al despacho, la colocó junto a la mesa y empezó a desnudarla de forma frenética. Por una aparte, Bella quería decirle que fuese más despacio y asegurarle que no se iba a ir a ninguna parte. Pero por otra estaba tan ansiosa y excitada como él por el hecho de que la desnudase, y le insistió en que se diera prisa.

En cuestión de minutos, por no decir segundos, se vio atrapada entre su cuerpo y la mesa, y completamente desnuda. El aire frío del climatizador recorrió su piel caliente y ella quiso taparse con las manos, pero él no lo permitió. Le agarró suavemente las muñecas y se las levantó hasta la cabeza, lo cual hizo que sus pechos se levantasen y quedasen a la altura perfecta para sus labios.

Agarró un pezón con la boca, lo succionó y luego lamió el botón palpitante. Bella arqueó la espalda, sintió que él la dejaba con suavidad en la mesa y de pronto se dio cuenta de que estaba prácticamente allí subido con ella. La superficie de metal le enfriaba la espalda, pero el calor del cuerpo de Jason le cubría el torso.

Jason bajó la mano hasta el sexo de Bella y la caricia de sus dedos en los pliegues de sus labios la hizo emitir sonidos que no había hecho nunca antes. Normalmente, cuando hacían el amor, empezaban con suavidad y luego el ritmo se aceleraba. Pero en esa ocasión ella supo que sería salvaje desde el principio. Por la razón que fuese, él se veía impulsado a poseerla rápidamente, sin sutilezas de ningún tipo. Estaba provocando en ella un ansia que la llevaba a desear que la amase tan deprisa y con tanta rudeza como le fuese posible.

Jason se retiró un poco y rápidamente se quitó los pantalones y los calzoncillos. Cuando ella lo vio en todo su esplendor, un sonido de deseo incontenible escapó de su garganta. Él la estaba llevando a ese punto, a ese estado de ansia y necesidad alimentado por la pasión y el deseo.

–Quiero saber a qué sabes, mi amor.

Ella estuvo a punto de decirle que con la cantidad de veces que la había convertido en su comida debía saberlo muy bien. En lugar de eso, cuando Jason se agachó frente a su cuerpo, extendido sobre la mesa, y le agarró las piernas para colocarlas alrededor de sus hombros, arqueó automáticamente la espalda.

Cuando sintió la boca caliente de Jason sobre su sexo y cómo éste deslizaba la lengua por sus pliegues, alzó las caderas de la mesa ante aquel contacto tan íntimo. Y cuando él empezó a succionar con fuerza y a usar la lengua para atormentarla y proporcionarle placer, emitió un intenso gemido y un orgasmo recorrió su cuerpo como un fuego desatado desde las plantas de los pies hasta la coronilla. Y entonces gritó con toda la fuerza de sus pulmones.

Las sacudidas hicieron que los músculos le doliesen al tiempo que rejuvenecían. No pudo evitar quedarse allí tumbada mientras Jason seguía obteniendo de ella lo que quería.

Cuando finalmente dejó de estremecerse, él lamió su cuerpo de forma concienzuda y luego alzó la cabeza y le dedicó una mirada de satisfacción. La forma en que se lamió los labios hizo que ella volviese a sentirse excitada.

Él se acercó y le separó aún más las piernas. Empezó a acariciarla de nuevo y ella gimió ante el contacto de sus manos.

–Tengo los dedos chorreando, lo que significa que estás preparada –dijo–. Ahora me toca a mí.

Y ella supo, al ver que sacaba un paquete de preservativos, que él no tardaría en deslizar el látex por su miembro erecto. Después de aquella primera vez en el hotel, él nunca le había vuelto a hacer el amor sin protección, lo que le dio a ella más razones para pensar que no estaba preparado para tener hijos. Al menos, no con ella.

A juzgar por la presión que la erección de Jason ejercía sobre su muslo, supo que definitivamente estaba preparado para aquello, seguramente más preparado que lo que ningún hombre tenía derecho a estarlo, pero no tenía quejas al respecto.

Volvió a centrar toda su atención en Jason cuando sintió que se abría paso entre sus piernas con el miembro hinchado y erecto. Y cuando lo centró para empezar a deslizarlo por los pliegues de sus labios y de pronto la penetró sin más preámbulos, empezó a estremecerse de nuevo.

–Mírame, cariño. Quiero mirarte a los ojos mientras te corres. Necesito verlo, Bella.

Ella le miró a los ojos. Él estaba inmerso en ella y empezó a moverse sin dejar de observarla, agarrándose con fuerza a las caderas cuyas piernas le rodeaban con fuerza. Empezaron a moverse juntos en un ritmo perfecto, con armonía y precisión. A cada embestida, profunda y concienzuda, ella lo sentía por completo… cada glorioso centímetro.

–Sabías bien y ahora también me gusta lo que veo –dijo él con voz gutural y la mirada fija en sus ojos–. ¿Tienes idea de lo increíblemente bien que me estás haciendo sentir?

Bella lo sabía. Si se parecía al modo en que él le hacía sentir a ella, el sentimiento era mutuo. Y para demostrarle que era así, los músculos del interior de su sexo empezaron a atraparlo, a exprimirlo. Por lo que vio en sus ojos, supo el momento exacto en que él se dio cuenta de lo que estaba haciendo y el

132

efecto que le causaba. Cuanto más le apretaba, más parecía crecer en su interior, como si pretendiese darse por completo.

Bella se sentía avariciosa y le alegró que él pretendiese satisfacer sus necesidades. Le clavó las uñas en los hombros, sin importarle si lo estaba marcando de por vida. Entonces él retomó el ritmo y el placer de un modo que no se parecía a nada que ella hubiese experimentado antes y que le nublaba la vista. Pero durante todo el tiempo, ella siguió mirándole y vio cómo cada sonido, cada movimiento que hacía, le llegaba y lo empujaba a seguir.

Entonces sintió que el cuerpo se le rompía en mil pedazos, gritó su nombre y él empezó a hundirse en ella como si su vida dependiese de ello. El orgasmo que la recorrió vació sus pulmones mientras él la embestía de forma intensa e incesante hasta casi hacerle perder el sentido. Y cuando escuchó el grito ronco que salía de los labios de Jason y vio algo oscuro y turbulento en el fondo de sus ojos, lo perdió por completo y volvió a gritar a pleno pulmón sacudida hasta el fondo de su ser por un segundo orgasmo.

Y él la siguió, mientras seguía penetrándola con más fuerza. Deslizó los dedos por su pelo y se inclinó para atrapar de sus labios el temblor de su cuerpo. En ese momento ella quiso decirle todas las palabras que se habían formado en su corazón, palabras de amor que quería que él escuchase. Pero no pudo. Aquello era todo entre ambos. Ella lo había aceptado hacía mucho tiempo. Y por el momento estaba satisfecha y contenta.

Y cuando llegase en día en que él quisiera que se marchase, recuerdos de este tipo la sostendrían y le ayudarían a sobrevivir cada instante que pasara sin él.

Y pidió a Dios que le bastase con esos recuerdos.

—¿Cuándo vamos a organizar la recepción? —preguntó Megan cuando los Westmoreland comieron juntos en casa de Dillon unas semanas más tarde.

Bella miró a Jason en silencio y éste se encogió de hombros y dijo:

—Piensa en varias fechas, a ver si nos vienen bien.

Megan comentó que el primer fin de semana de agosto era perfecto porque los Westmoreland que estudiaban en la universidad estarían en casa y Micah, que estaba en Pekín, le había dicho que estaría de vuelta en los Estados Unidos para esa fecha. Gemma, que esperaban un hijo, había obtenido el permiso del médico para viajar desde Australia.

Jason volvió a mirar a Bella. Algo le pasaba a su mujer. Sabía que le había afectado lo de los gemelos Bostwick. Debido a la cantidad de pruebas existentes en su contra, el abogado había convencido a los padres de que confesaran su culpabilidad para intentar obtener una sentencia menos dura.

Sin embargo, debido a diabluras anteriores que les habían ocasionado problemas con la ley, el juez no fue indulgente y les condenó a dos años. Bella había insistido en acudir a la lectura de la sentencia a pesar de las advertencias de Jason. Kenneth, quien todavía se negaba a aceptar su responsabilidad, montó una escena y acusó a Bella de lo que les había pasado a sus nietos. Desde aquel día, Jason había detectado un cambio en ella. Había empezado a apartarse de él. Y había intentado que hablaran, pero Bella se había negado a hacerlo.

–¿Qué os parece entonces? –preguntó Megan, volviendo a captar su atención.

Él miró a Bella.

–¿Qué opinas, cariño?

Ella esbozó una sonrisa que él sabía que estaba forzando.

–Por mí la fecha está bien. Dudo que mis padres fuesen a venir de todas formas.

–Pues entonces se perderán una buena fiesta –respondió Jason.

Más tarde, cuando volvían a casa a caballo, Jason acabó por descubrir lo que le pasaba a Bella.

–Hoy me acerqué a mi rancho, Jason. ¿Por qué no me dijiste que todavía no habían empezado las obras en la casa?

–No tenía por qué decírtelo. Sabías que me estaba ocupando de todo, ¿no?

–Sí. Pero asumí que las obras ya habían empezado.

–No me pareció buena idea porque últimamente está lloviendo mucho. No es buena época para iniciar ningún tipo de construcción. Además, no es que te vayas a mudar a la casa ni nada de eso.

–Eso tú no lo sabes.

Jason detuvo la camioneta ante la casa y giró la llave para detener el motor. Se volvió a mirarla.

–¿No? Pensaba que sí. ¿Por qué tendrías que volver a tu casa?

En lugar de mirarle a los ojos, Bella miró por la ventanilla hacia la casa de Jason, que él consideraba la casa de ambos.

–Se supone que nuestro matrimonio sólo durará un año y voy a necesitar un lugar donde vivir cuando finalmente acabe.

Sus palabras fueron como una patada en el estómago. ¿Estaba ya pensando en el momento en que iba a dejarle? ¿Por qué? Creía que las cosas entre los dos iban maravillosamente bien.

–¿Qué es lo que pasa, Bella?

–No pasa nada. Pero tengo que ser realista y recordar que, aunque nos gusta compartir la cama, la razón por la que nos casamos deriva de tu proposición, la cual acepté conociendo bien las condiciones. Y son condiciones que no debemos olvidar.

Jason se limitó a mirarla mientras juraba por lo bajo. ¿Pensaba que lo único que había entre ambos era el hecho de compartir la cama?

–Gracias por recordármelo, Bella –entonces salió de la camioneta.

Aquélla fue la primera noche que compartieron la cama sin hacer el amor. Bella se sentía herida y no estaba segura de qué debía hacer. Estaba intentando proteger su corazón, sobre todo después de los resultados de la prueba de embarazo que se había hecho hacía unos días.

Jason era un hombre honrado. El tipo de hombre que se quedaría con ella porque era la madre de su hijo. Y ella no estaba pensando en sí misma, sino en el niño. Se había criado en una casa sin amor y se negaba a someter a su hijo a algo parecido. Jason nunca llegaría a entenderlo porque sus padres se habían querido y habían sido un ejemplo a seguir para sus hijos. Se veía en el modo en el cual sus primos y hermanos trataban a sus esposas. Se veía claramente que eran relaciones llenas de amor, del tipo que duran toda la vida. Pero no esperaba un compromiso semejante de Jason. No entraba en sus planes y ésa no había sido su proposición.

Sabía que él estaba despierto por el sonido de su respiración, pero estaban tumbados dándose la espalda. Se habían acostado sin intercambiar palabra. De hecho, él apenas la había mirado antes de meterse bajo las mantas.

La cama se movió y ella contuvo la respiración deseando que, a pesar de lo que le había recordado, él todavía la quisiera. Pero él truncó sus esperanzas cuando, en lugar acercarse a ella, salió de la cama y abandonó la habitación. ¿Pensaba regresar a la cama o se iría a dormir a algún otro sitio? ¿En el sofá? ¿En su camioneta?

No pudo evitar que las lágrimas se derramasen por su rostro. Ella era la única culpable. Nadie le pidió que se enamorase. No debería haber puesto su corazón en ello. Pero lo había hecho y estaba pagando el precio.

***

–Muy bien ¿qué demonios te pasa, Jason? No te pega cometer un error tan estúpido y el que has cometido es garrafal –dijo Zane–. Es el caballo más preciado del jeque y lo que has hecho podía haberle costado una pata.

Jason se enfadó.

–Maldita sea, Zane, sé lo que he hecho. No hace falta que me lo recuerdes.

Luego miró a Derringer y esperó a escuchar lo que tuviese que decir. Agradeció que no dijera una sola palabra.

–Mirad, chicos. Lamento mi error. Tengo muchas cosas en la cabeza. Creo que me tomaré el día libre antes de provocar un desastre mayor –y se encaminó al granero de Zane.

Estaba ensillando su caballo para marcharse cuando apareció Derringer.

–Eh, tío, ¿quieres que hablemos?

–No.

–Vamos, Jas, está claro que hay problemas en el paraíso de la Casa de Jason. No me considero un experto en estas cosas, pero sabes que Lucía y yo atravesamos muchas dificultades antes de casarnos.

–¿Y después de casarte?

Derringer se echó a reír.

–¿Quieres que te haga una lista? Lo más importante a tener en cuenta es que sois dos personas con personalidades diferentes y que eso ya de por sí puede ser fuente de conflictos. La solución más efectiva es una comunicación abierta y sincera. Nosotros hablamos abiertamente y luego hacemos el amor. Siempre funciona. Ah, y recuerda que de vez en cuando tienes que recordarle lo mucho que la quieres.

—Puedo manejarme con las dos primeras cosas que has dicho, pero con la última no.

—¿Cómo? ¿No puedes decirle a tu esposa que la quieres?

Jason suspiró.

—No, no puedo hacerlo.

Derringer se le quedó mirando un rato y luego dijo:

—Creo que lo mejor será que empieces desde el principio.

En menos de diez minutos, Jason le contó todo a Derringer, básicamente porque su primo se limitó a escucharle sin preguntar nada. Pero una vez hubo acabado, comenzaron las preguntas y los comentarios.

—Creo que tenéis un enorme problema de comunicación. Suele ocurrir y se puede enmendar fácilmente.

Luego Derringer pateó el suelo de madera del granero como si estuviese intentando decidirse sobre algo.

—No debería decirte esto porque es algo que oí decir ayer a Chloe y Lucia, y si Lucia se entera de que me dedico a escuchar conversaciones ajenas…

—¿Qué es?

—Quizá lo sepas ya y no nos has dicho nada.

—Maldita sea, Derringer, ¿de qué demonios estás hablando?

Una sonrisa asomó a los labios de Derringer.

–Las mujeres de la familia sospechan que Bella podría estar embarazada.

Bella salió sonriente del hospital infantil. Le gustaban los niños y cuando pasaba tiempo con ellos se olvidaba de sus problemas, razón por la que iba a visitarles un par de días a la semana. Miró su reloj. Aún era temprano y no estaba preparada para regresar a casa.

A casa.

No podía evitar considerar la Casa de Jason como la suya propia. Se había acostumbrado a vivir con él.

Cruzaba el aparcamiento hacia su coche cuando oyó que alguien gritaba su nombre. Se giró y se encogió al ver que se trataba de la hija del tío Kenneth, la madre de los gemelos. Inspirando con fuerza, Bella esperó a que la mujer la alcanzase.

–Bella. Sólo quería disculparme por lo que hicieron Mark y Michael. Sé que papá sigue enfadado y he intentado hacerle entrar en razón, pero se niega a hablar del tema. Siempre ha mimado a los chicos y yo no podía hacer nada al respecto, sobre todo porque mi marido y yo estamos divorciados. Mi ex se marchó pero quería que mis hijos contasen con una figura paterna.

Elyse se quedó callada un instante.

–Espero que papá acabe por asumir su parte de responsabilidad. Aunque echo de menos a mis hijos, se estaban descontrolando demasiado. Me han asegurado que en el lugar al que van les enseñarán disciplina. Sólo quería que supieses que me equivoqué al escuchar todo lo que papá decía de ti. Somos parientes y espero que algún día seamos amigas.

–Me encantaría, Elyse. Te lo digo de verdad.

–Bella, ¿seguro que estás bien? Deberías ir al médico para que te vea ese virus estomacal.

Bella miró a Chloe. De camino a casa se había pasado a visitarla.

–Sí, Chloe, estoy bien.

Había decidido no decir nada del embarazo hasta después de encontrar el modo de contárselo a Jason. Pero Chloe lo sospechaba porque vio a Bella vomitar el día que pasó por su casa para dejarle a Jason un paquete de parte de Ramsey.

Bella sabía por los fragmentos de las historias que había escuchado de las mujeres que Chloe se casó embarazada. Pero Bella dudaba que ésa fuese la razón del enlace. Cualquier persona cercana a la pareja por aquel tiempo podía afirmar que estaban muy enamorados.

–Chloe, ¿puedo preguntarte una cosa?

Chloe le sonrió.

–Claro.

–¿Cuando te quedaste embarazada de Ramsey tuviste miedo a contárselo por la forma en que podía reaccionar?

–No supe que estaba embarazada hasta que Ramsey y yo rompimos. Pero tenía claro que se lo iba a decir porque él tenía derecho a saberlo. Lo único de lo que no estaba segura era de cuándo hacerlo. Incluso pensé adoptar la solución más fácil y esperar hasta mi regreso a Florida para llamarlo desde allí. Ramsey me facilitó la tarea porque fue él el que me buscó. Nos dimos cuenta de que no había sido más que un tremendo malentendido e hicimos las paces. Fue entonces cuando le dije que estaba embarazada y él se alegró muchísimo.

–Ramsey es un padre maravilloso.

–Nunca subestimes a los hombres Westmoreland, Bella.

–¿Qué quieres decir?

–Que por lo que he descubierto hablando con las otras esposas, incluso con las de Montana, Texas, Atlanta y Charlotte, los Westmoreland son hombres fieles y entregados a las mujeres que escogen como parejas. Las mujeres a las que aman. Y aunque pueden ser demasiado protectores a veces, no hay hombres más cariñosos y que te ofrezcan más apoyo que ellos. Lo único que no les gusta es que les ocultemos cosas que deberíamos compartir con ellos. Jason es especial, y creo que cuanto más tiempo paséis juntos, más te darás cuenta de lo especial que es.

Chloe extendió el brazo para tomar la mano de Bella.

–Espero que lo que te he dicho te haya servido de alguna ayuda.

Bella le devolvió la sonrisa.

–Así es –Bella sabía que tenía que contarle a Jason lo del bebé. Y tomara la decisión que tomase con respecto al futuro, tendría que aceptarlo.

Capítulo Diez

Jason no volvió a caballo a casa tras la conversación con Derringer. Tomó prestada la camioneta de Zane y regresó a toda velocidad. Cuando llegó, descubrió que Bella no estaba allí. Ella no le había mencionado en el desayuno que pensaba salir, así que ¿dónde estaba?

Inspiró hondo. ¿Y si las sospechas de las mujeres eran ciertas y Bella estaba embarazada? ¿Y si las sospechas de Derringer eran ciertas y ella le amaba? Dios, si ambas cosas eran ciertas, entre ambos había un gravísimo problema de comunicación. Y estaba dispuesto a ponerle remedio en cuanto ella regresara a casa.

Entró en la cocina y, de todas las cosas que podía prepararse, escogió una taza de té. ¡Caray!, Bella había acabado por aficionarle. ¿Y si era verdad que estaba embarazada? La idea de que su barriga creciese porque llevaba dentro un hijo suyo lo dejó casi sin aliento. Además, recordaba perfectamente cuándo había empezado todo.

Debió de ser durante la noche de bodas, en la suite del Four Seasons. Y así lo esperaba. La idea de que ella tuviese un hijo suyo era su deseo más ferviente. Y pensara lo que ella pensase, él le proporcionaría a Bella y a su hijo un verdadero hogar.

Oyó que se abría la puerta de la casa y se contuvo un momento para no salir corriendo a recibirla. Tenían que hablar y debía crear un ambiente cómodo para hacerlo. Tomada esa decisión, dejó la taza de té sobre la encimera y salió a recibir a su esposa.

–Bella. Has llegado.

Ella salió de sus pensamientos al oír la voz de Jason. Enseguida se le aceleró el pulso y se preguntó si siempre tendría ese efecto sobre ella. Tardó uno o dos segundos en recomponerse antes de contestar.

–Sí, ya estoy aquí. Veo que tienes compañía.

–¿Compañía?

–Sí. Está fuera la camioneta de Zane –respondió.

–La tomé prestada. Él no está.

–Oh –eso quería decir que estaban solos. Bajo el mismo techo. Y no habían hecho el amor casi en una semana.

Sus miradas se encontraron y algo parecido a una fuerte consciencia sexual se transmitió entre ambos, cargando el aire y electrificando el momento. Bella podía sentirla y estaba segura de que él la sentía también. Estudió su rostro y supo que quería que su hijo o su hija se pareciesen a él.

Tenía que romper la tensión sexual entre ambos y subir a las habitaciones, porque si no, se iba a sentir tentada de cometer una locura como la de arrojarse en sus brazos y rogarle que la deseara, que la amara, que aceptara al hijo que habían concebido juntos.

–Subiré arriba un momento y…

–¿Podemos hablar un segundo, Bella?

–Claro –dijo en voz baja. Entonces le siguió hasta la cocina. Viéndole la espalda, sólo podía pensar en lo atractivo que era hombre con quien se había casado.

Jason no estaba seguro de por dónde empezar, pero sabía que debían empezar por algún sitio.

–Estaba a punto de tomar un té. ¿Te apetece?

Se preguntó si ella se daría cuenta de que eran las mismas palabras que había pronunciado la primera vez que lo invitó a entrar en su casa. Él no las había olvidado. Y a juzgar por la sonrisa divertida que esbozaron los labios de Bella, supo que ella tampoco.

–Sí, me encantaría. Gracias.

Ambos bebieron en silencio.

–¿Y de qué querías que habláramos, Jason?

–¿No quieres seguir casada conmigo?

Ella apartó la mirada de sus ojos y se puso a examinar la decoración de la taza.

–¿Qué te hace pensar así?

–¿Quieres que te haga un listado?

Ella volvió a mirarle de frente.

–Pensaba que no te darías cuenta.

–¿Se trata de eso, Bella, de que no te presto atención?

Bella negó rápidamente con la cabeza.

–No, no es eso –respondió ella mordiéndose nerviosa el labio inferior.

–¿Entonces qué es, cariño? ¿Qué es lo que necesitas que no te esté dando? ¿Qué puedo hacer para que seas feliz? Necesito saberlo porque que me abandones no es opción. Te quiero demasiado como para dejarte marchar.

La taza se detuvo a mitad de camino hacia los labios de Bella. Lo miró sorprendida.

–¿Qué es lo que has dicho?

–He dicho que te quiero demasiado como para dejarte marchar. Últimamente me has estado recordando el año que mencioné en mi proposición, pero no se trata de un esquema temporal fijo, Bella. Se me ocurrió como un periodo de adaptación para que no te asustases. Nunca tuve intención de poner fin a nuestra relación.

Jason vio que una lágrima escapaba de los ojos de Bella.

–¿De verdad?

–No. Te quiero demasiado como para dejarte ir. Mira, lo he vuelto a decir y lo seguiré diciendo hasta que me escuches. Créelo. Acéptalo.

–No sabía que me amabas, Jason. Yo también te amo. Creo que me enamoré de ti la primera vez que te vi en el baile de beneficencia.

–Es allí donde yo también creo que me enamoré de ti –dijo él, echando la silla hacia atrás para levantarse de la mesa–. Supe que algo pasaba porque cada vez que nos rozábamos mi alma se estremecía, mi corazón se derretía y te deseaba más y más.

–Creí que sólo se trataba de sexo.

–No. Creo que el sexo era tan bueno, tan excitante entre nosotros porque estaba impulsado por el amor más intenso que pueda existir. He querido decirte más de una vez que te quería, pero no estaba seguro de si estabas preparada para escucharlo. No quería que salieses corriendo.

–Cuando todo lo que necesitaba escuchar era que me amabas –dijo ella, poniéndose en pie–. Nunca pensé que nadie pudiese quererme y deseaba muchísimo que tú lo hicieses.

–Amor mío, te amo.

–Oh, Jason.

Se echó sobre él y Jason la rodeó con sus brazos para abrazarla con fuerza. Y cuando inclinó la cabeza para besarla, la boca de Bella estaba preparada, dispuesta y ansiosa. Se hizo evidente en la intensidad con que se unieron sus lenguas.

Un rato después, él la tomó en brazos y salieron de la cocina.

De algún modo consiguieron subir las escaleras que llevaban al dormitorio. Y allí, en medio de la habitación, él volvió a besar a Bella con un deseo al que ella correspondió con ansia. Finalmente, él liberó su boca para inspirar profundamente, pero antes de que ella pudiese hacer lo propio, él le estaba levantando el vestido hasta la cintura y bajándole las braguitas mojadas. Apenas tuvo tiempo de reaccionar cuando él bajó hasta sus caderas y enterró la cabeza entre sus piernas.

–¡Jason!

Ella se vino en el momento en que notó la lengua de Jason moviéndose dentro de ella y acariciando sus labios, pero enseguida se dio cuenta de que aquello a él no le iba a bastar. Utilizó la lengua como un cuchillo para apuñalar literalmente su interior y describir círculos alrededor de su clítoris, y luego lo succionó.

Los ojos de Bella empezaron a cerrarse porque él empezó a hacerle perder el sentido y, el deseo, el más poderoso que ella había sentido jamás, empezó a consumirla, a recorrer cada una de las partes de su cuerpo y a empujarla hacia el orgasmo.

—¡Jason!

Pero él no cejaba en su empeño. Ella intentó agarrarle, pero no lo consiguió porque él empezó a introducir de nuevo la lengua en su interior. Bella pensó que habría que patentar la lengua de Jason con un cartelito de advertencia: que cuando él falleciese, había que donarla al Smithsonian.

Y cuando ella volvió a correrse, él le abrió aún más los muslos para bebérsela a lengüetazos. Bella gimió mientras la lengua y los labios de Jason jugaban con su clítoris y la volvían loca de lujuria porque sensaciones cada vez más poderosas se extendían por su cuerpo.

De pronto, Jason se retiró y a través de los ojos empañados, Bella vio que se ponía de pie y se desvestía rápidamente, procediendo a desvestirla a ella a continuación. Bella fijó la vista en su erección.

Sin más preámbulos, la llevó a la cama, la tumbó boca arriba, se deslizó sobre ella hasta colocarse entre sus piernas y apuntó con su miembro hacia los pliegues húmedos de sus labios.

—¡Sí! —casi gritó ella, y entonces lo sintió, empujando dentro de ella, desesperado por unirse a ella.

Luego se detuvo. Dejó caer la cabeza junto a la de ella y dijo con un gruñido sensual:

—Esta noche no habrá preservativo.

Bella alzó la vista hacia él.

—Ni ésta ni ninguna otra durante un tiempo —susurró ella—. Luego te explicaré el porqué. De todas formas, pensaba decírtelo esta noche. Y antes de que pudiese entretenerse demasiado pensando en lo que le tenía que decir, Jason empezó a moverse de nuevo dentro de ella.

Y cuando le hubo introducido toda la longitud de su miembro, ella jadeó sin aliento por la plenitud de tenerlo tan dentro. Sus músculos empezaron a aferrarse a él, lo sujetaba con fuerza y lo masajeaba, succionando su sexo por todo lo que estaba recibiendo y pensaba que podía obtener, mientras pensaba que una semana había sido demasiado tiempo.

Él le separó aún más las piernas con las manos y le alzó las caderas para penetrarla más profundamente. Bella casi gritó cuando empezó a embestirla de forma constante, con implacable precisión. Era el tipo de éxtasis que ella había echado de menos. No sabía que existía tal grado de placer hasta experimentarlo con él. Cuando Jason le agarró las piernas y se las colocó por encima de los hombros mientras entraba y salía de ella, sus miradas se encontraron.

—Córrete para mí, amor —susurró Jason—. Córrete para mí ahora.

El cuerpo de Bella obedeció y empezó a agitarse en un clímax tan gigantesco que le pareció que temblaba toda la casa. Gritó. No pudo contenerse de ninguna forma posible, y cuando él empezó a venirse dentro de ella, el calor de sus fluidos, denso por la intensidad del acto, hizo que sólo pudiese gritar y dejarse ir una vez más.

Entonces él se incorporó y la besó, no sin antes susurrarle que la amaba y que pensaba pasar con ella el resto de su vida, haciéndola feliz, haciendo que se sintiese amada. Y ella le creyó.

Con toda la fuerza que pudo reunir, se incorporó también para situarse junto a él.

–Yo también te quiero muchísimo.

Y lo decía en serio.

–¿Por qué no tendremos que usar preservativos durante un tiempo? –preguntó Jason un rato después sosteniéndola entre sus brazos y con las piernas enredadas en las de ella, mientras disfrutaban el uno del otro después de hacer el amor. Él sabía la razón, pero quería que ella se la confirmase.

Bella alzó un poco la cabeza, le miró a los ojos y susurró:

–Voy a tener un hijo tuyo.

La noticia provocó algo en él. El hecho de que Bella le confirmase que dentro de ella crecía una vida que habían creado juntos le hizo estremecer. Sabía que ella esperaba que dijese algo.

Jason quería demostrarle que lo asumía. Ella tenía que saber lo feliz que le hacía la noticia.

–Saber que estás embarazada de un hijo mío, Bella, es el mayor regalo que jamás pudiese desear recibir.

Dos días más tarde, los Westmoreland se reunieron para desayunar en casa de Dillon. Al parecer, todo el mundo tenía que anunciar algo y Dillon pensó que lo mejor sería escucharlos a todos a la vez para alegrarse y celebrarlo juntos.

En primer lugar, Dillon anunció que Bane le había dicho que en unos meses se licenciaría con honores en la academia naval. Dillon casi se emocionó al contarlo, lo que dio cuenta de la magnitud del logro de Bane a ojos de su familia. Sabían que su primer año en la Marina había sido duro porque desconocía el significado de la disciplina. Pero finalmente se había enderezado y soñaba con formar parte de los Comandos Especiales.

Zane anunció que Hercules había cumplido con su obligación y había preñado a Silver Fly, de modo que todos podían imaginar la belleza del potrillo que vendría.

Ramsey fue el siguiente. Dijo que había tenido noticias de Storm Westmoreland. Su esposa, Jayla estaba embarazada, al igual que Durango y su mujer, Savannah. Los gemelos de Reggie y Libby no paraban de gatear por todas partes. Y luego, con una enorme sonrisa, anunció que él y Chloe esperaban otro hijo. Aquello provocó gritos de alegría, el más fuerte el del padre de Chloe, el senador Jamison Burton de Florida, que junto con la madrastra de Chloe había llegado aquel día para visitar a su hija, a su yerno y a su nieta.

Cuando todos se calmaron, Jason se levantó para anunciar que Bella y él esperaban un hijo para primavera. Bella no apartó los ojos de Jason mientras éste hablaba y sintió el amor que irradiaba cada una de sus palabras.

–Bella y yo transformaremos el rancho de su padre en un pabellón de huéspedes y uniremos las fincas para que nuestros futuros hijos las puedan disfrutar algún día.

–¿Significa eso que queréis tener más de uno? –preguntó Zane, riendo entre dientes.

Jason miró a Bella.

–Sí, quiero tener tantos hijos como mi mujer quiera darme. Sabremos manejarnos, ¿verdad, cariño? Bella sonrió.

–Sí, así es.

Él le tendió la mano y ella la tomó. El contacto la confortaba de tal manera que sólo podía sentirse agradecida.

Epílogo

–Cuando me enteré de que te habías casado me pregunté por qué había sido todo tan rápido, pero después de conocer a Bella, lo entiendo perfectamente –le dijo Micah a su hermano–. Es preciosa.

–Gracias –Jason sonrió mientras contemplaba el enorme pabellón de invitados. El tiempo había sido benévolo y los obreros habían conseguido transformar el rancho en un inmenso pabellón con quince habitaciones para la familia, los amigos y los socios de los Westmoreland.

Jason miró al frente y vio a Dillon hablando con Bane, que se había presentado sorprendiéndoles a todos. Era la primera vez que volvía a casa desde que se marchó hacía cerca de tres años. Ya no era el muchacho conflictivo de antaño. Al verle allí con el uniforme la familia no podía sentirse más orgullosa del hombre en que se había convertido. Pero aún había cierto dolor en la mirada de Bane. Aunque no había mencionado a Crystal, todos sabían que la joven que había sido el primer amor de Bane, su fijación desde la pubertad, seguía en sus pensamientos y seguramente conservaba un lugar permanente en su corazón. Jason imaginó la conversación que había entre Dillon y Bane por la expresión de sus rostros.

–¿No has renunciado a Crystal? –preguntó Dillon a su hermano más pequeño.

Bane negó con la cabeza.

–No. Un hombre no debe renunciar nunca a la mujer que ama. La llevo dentro de mí y vaya donde vaya creo que ella también me llevará dentro –Bane se detuvo un momento–. Pero ahí radica mi problema. No tengo ni idea de dónde pueda estar.

–Cuando los Newsome se marcharon no dejaron a nadie una dirección de correo. Creo que querían poner tanta distancia entre tú y ellos como fuese posible. Pero creo que el tiempo que tú y Crystal habéis pasado separados ha sido bueno para ambos. Ella era muy joven y tú también. Ambos estabais abocados a meteros en problemas y necesitabais madurar. Me siento orgulloso del hombre en que te has convertido.

–Gracias, pero un día, cuando disponga de tiempo, la buscaré, Dillon, y nadie, ni sus padres ni nadie, podrán evitar que reclame lo que me pertenece.

Dillon vio la intensidad de la mirada de Bane y esperó que dondequiera que Crystal Newsome estuviese, amase a Bane tanto como Bane la seguía amando a ella.

Jason miró a Bella, que estaba hablando con sus padres. Los Bostwick los habían sorprendido a todos acudiendo a la recepción, seguramente porque se habían quedado asombrados al ver que Jason era pariente de Thorn Westmoreland, una leyenda de las carreras de caballos; Stone Westmoreland, tam-

Deseo™

Cautivado por la princesa

SANDRA HYATT

Con un compromiso de conveniencia
la princesa Rebecca Marconi haría ca-
llar a su padre, que la presionaba para
que aceptara un matrimonio concerta-
do. Logan Buchanan necesitaba su in-
fluencia real para asegurar unos importante contratos en el país de Rebecca.
Por eso acordaron limitarse a unas
cuantas muestras públicas de afecto
perfectamente preparadas, pero Logan
no hacía más que pensar en compartir
escenarios privados, apasionados y
sexys con su prometida fingida... y
pronto consiguió que la princesa le en-
tregara las llaves de su castillo.

*Deseaba desatar la pasión
que lo consumía*

Acepte 2 de nuestras mejores novelas de amor GRATIS

¡Y reciba un regalo sorpresa!

Oferta especial de tiempo limitado

Rellene el cupón y envíelo a
Harlequin Reader Service®
3010 Walden Ave.
P.O. Box 1867
Buffalo, N.Y. 14240-1867

¡Sí! Por favor, envíenme 2 novelas de amor de Harlequin (1 Bianca® y 1 Deseo®) gratis, más el regalo sorpresa. Luego remítanme 4 novelas nuevas todos los meses, las cuales recibiré mucho antes de que aparezcan en librerías, y factúrenme al bajo precio de $3,24 cada una, más $0,25 por envío e impuesto de ventas, si corresponde*. Este es el precio total, y es un ahorro de casi el 20% sobre el precio de portada. !Una oferta excelente! Entiendo que el hecho de aceptar estos libros y el regalo no me obliga en forma alguna a la compra de libros adicionales. Y también que puedo devolver cualquier envío y cancelar en cualquier momento. Aún si decido no comprar ningún otro libro de Harlequin, los 2 libros gratis y el regalo sorpresa son míos para siempre.

416 LBN DU7N

Nombre y apellido	(Por favor, letra de molde)
Dirección	Apartamento No.
Ciudad	Estado	Zona postal

Esta oferta se limita a un pedido por hogar y no está disponible para los subscriptores actuales de Deseo® y Bianca®.
*Los términos y precios quedan sujetos a cambios sin aviso previo.
Impuestos de ventas aplican en N.Y.

Nada lo detendrá para saldar viejas cuentas del pasado...

Cuando Angelos Petrakos vio a la supermodelo Thea Dauntry en un lujoso restaurante de Londres, supo que ella no era en realidad la mujer de innata elegancia que aparentaba ser...

Para Thea, la reaparición de Angelos era desastrosa. Lo último que deseaba cuando un vizconde con el que estaba cenando estaba a punto de pedirle que se casara con él era que alguien le recordara su pasado. Un encuentro afortunado con el guapo magnate griego hacía unos años le había permitido forjarse su futuro.

Pero Angelos nunca pudo olvidar cómo ella lo utilizó.

Pasado secreto

Julia James

Deseo™

De camarera a amante

ROBYN GRADY

A Nina Petrelle, una camarera desastrosa que trabajaba en una isla para los veraneantes más privilegiados, la había despedido su jefe déspota Gabe Steele… el desconocido sexy con el que había pasado la mejor noche de su vida.

Gabe no podía decir que no a las interminables piernas bronceadas de Nina y a su boca hábil, a la que se moría por mantener ocupada. Pero a pesar del sol, de la arena y de las abrasadoras noches llenas de pasión, lo tenía claro: sólo era una aventura temporal. ¿O no?

Sólo había una posición en la que él la quería…

[8]